부당당 부당시

시인의일요일시집 **022**

부당당 부당시

1판 1쇄 찍음 2023년 11월 20일
1판 1쇄 펴냄 2023년 11월 27일

지 은 이 서 유
펴 낸 이 김경희
펴 낸 곳 시인의일요일

표지·본문디자인 노블애드
경영지원 양정열

출판등록 제2021-000085호
주   소 경기도 용인시 기흥구 연원로42번길 2
전   화 031-890-2004
팩   스 031-890-2005
전자우편 sundaypoet@naver.com
블 로 그 https://blog.naver.com/sundaypoet

ISBN 979-11-92732-13-8 (03810)

값 12,000원

부산광역시
BUSAN METROPOLITAN CITY 부산문화재단
BUSAN CULTURAL FOUNDATION

* 이 시집은 2023년 부산광역시, 부산문화재단 <부산문화예술지원사업>으로 지원을 받았습니다.

부당당 부당시

서유 시집

이름을 지어 주고는 부르질 않는다.
나는 없는 걸까.

| 차 례 |

1부   쓸모없는 것들이 태어나서 이렇게 쌓이고 있으니

원시인 ……… 13

온천천 ……… 15

나는 세상의 모든 개를 제니퍼라고 부른다 ……… 18

맙소사, 매카시 ……… 21

모던하우스 ……… 24

마리오 란자, 당신은 빠지세요 ……… 26

잠 귀신 ……… 28

쾨니히스베르크 안경점 ……… 30

나의 첫 번째 트랙 ……… 32

고추傳 ……… 34

가뭄 ……… 36

2부   내가 너무 살아 있는 척을 했지?

단수 ……… 41

부패 ……… 45

기린 씨, 이제 좀 가 주시면 안 될까요 ……… 48

관상용 애인 ……… 50

마리아주 ……… 52

NEXT ……… 54

난전 ……… 56

월식 ……… 59

바이러스 ……… 60

발랑, 밤 ……… 62

아보카도 ……… 64

3부   제발 손가락 좀 찢어 봐

마스터클래스 ⋯⋯ 69

해프닝과 해프닝 사이 ⋯⋯ 71

피구 ⋯⋯ 74

다큐멘터리 ⋯⋯ 76

터미널 ⋯⋯ 78

노마드 ⋯⋯ 80

살갗 아래 ⋯⋯ 82

구석 ⋯⋯ 84

12월 26일 ⋯⋯ 86

Scene 1. 육체미 ⋯⋯ 88

쳐다보지도 못하게 ⋯⋯ 91

뚜렛 ⋯⋯ 92

거울 ⋯⋯ 94

4부   가장 슬플 때 나는,
      한다

콜걸 ········ 99

인사 ········ 102

불쾌한 골짜기 ········ 103

글로리홀 ········ 106

눈사람의 모자 같은 것 ········ 108

사랑니(智齒) ········ 110

월식 ········ 113

설탕과 케첩이 공존하는 핫도그를 들고 ········ 114

이층에 꽃집 ········ 116

은희 ········ 118

정전기 ········ 122

홀이라는 어감에 대하여 ········ 124

제비 ········ 126

5부 나를 불러 주는 세상에서

부당시 ········ 131
부당시 ········ 134
부당시 ········ 136
부당시 ········ 138
부당시 ········ 140
부당시 ········ 142
부당시 ········ 144
부당시 ········ 147
부당시 ········ 148
부당시 ········ 150

해설 ········ 153
제니퍼, 나는 제니퍼가 아닙니다 | 신상조(문학평론가)

1부

쓸모없는 것들이 태어나서

이렇게 쌓이고 있으니

원시인

어느 날 문득 라디오를 듣다가 근본도 없는 후레자식을 만든 거야. 온 세상이 화병이던 그때 그러니까 나른해서 다리를 벌리고 누웠던 그때

언어를 사랑하는 고양이가 털을 뽑아 화병에 꽂았지, 목이 떨어진 쥐를 사랑스럽게 받아 들고

이제부터 쌍욕을 줄이겠습니다.
속도도 줄이겠습니다.
아이 같은 천방지축을 위해 가만히 있겠습니다.

이 후레자식이 바짓가랑이를 잡고 시도 때도 없이 야옹, 누굴 사람 새끼로 아나. 알잖아 엄마들은. 아이가 울면 도망쳐야 한다는 것. 목구멍에 손가락을 넣고 낮은 정수리와 튀어나온 입과 굵고 무거운 뼈들을 끊임없이 토해 내는

낳은 적 없는 아이는 짐승처럼 자연스럽게 자란단다. 나는 내 주제를 알아서 날마다 부끄럽고 경주 김가의 본을 가진 고양이

는 책을 베껴 터득한 잠꼬대가 많아졌고

있잖아, 다 해 봤거든.
캥, 캥으로도 울어 보고 컹, 컹으로도 흐느껴 보고. 조금 더 슬픈 건 알지만 그렇다고 종족을 바꿀 수는 없으니까, 나는 기괴한 표정을 찾아 방구석을 기어다녀. 이전의 짐승이라도 되기 위하여

사람 새끼를 캥거루라고 우기다 보면
하나쯤은
안전하겠지.

하하하
참, 웃겨요.

쓸모없는 것들이 태어나서 이렇게 쌓이고 있으니

온천천

아름답게 걷자,

다가서자 한발 앞서 펼쳐진다.

나선형의 입구를 건너
턱을 괴고 누운 짐승의 꼬리를 잡아당기면

여기는 스페이스 스텝

원, 투, 쓰리, 포

모두 여기 있었군요.
망가진 위성을 타고 나를 돌고 있었군요.
내가 쏘아 올린 당신들이 이렇게나
넘쳐나다니

궤도를 수정해야겠습니다.

비틀거리면
지루한 수학 시간

선생님, 기분 나쁜 방정식이 있나요?
파이와 초코파이는 어떻게
우주인의 식량이 되었을까요?

집어 던진 슬리퍼가 공중에서 계단을 찾아

여기는 다시 스페이스 스텝

바람이 불면 떨어질 수 있습니다.
안전 바를 내리고
고개는 위로 치켜들고

원, 투, 쓰리, 포

혼자 걷는 거야, 아름답게
내가 항상 그렇게 걷고 있다는 걸 당신은

알겠지.

왜 네모라고 생각해?
그럼, 동그라미?

아니, 낭떠러지

옮길 수 없는 짐처럼 우리는 천천히 못쓰게 되겠지만

아름답게 걷자,
360도 회전하는 신발에서

축적의 시간

아무리 걸어도
끝을 만날 수가 없습니다.

둥근 걸음 속에서만 떠오르는 라, 루나

나는 세상의 모든 개를 제니퍼라고 부른다

바닥과 일체가 되었다가 어느 것과도 겹치지 않고 헤엄치는 물고기, 혹은 구멍 그리고 막대기. 왈츠였을까.

Loginska

소비에트과학원에서 일하는 알렉세이 파지노프는 모처럼 일찍 일을 마치고 소냐 로스트로포비치와 함께 테니스장으로 향했다. 그녀는 음악원에서 첼로를 가르치고 있었는데 둘은 연인은 아니었다. 나를 제니퍼라고 불러 줘. 제니퍼는 너무 개 이름 같고 자본주의 냄새가 나서 썩 내키지 않는다고 알렉세이는 말했다. 소냐는 개 같다는 말에 약간 기분이 상했지만 개의치 않았다. 알았어. 그럼 우리 한 판으로 결정하는 거야.

Brandinsky

학원에서 영어를 가르치는 제니퍼 고르바초프는 소비에트과학원에서 일하는 알렉세이 파지노프로부터 내일 테니스를 치자는 연락을 받았다. 제니퍼의 본명은 안나 푸틴이지만 안나는 너무나 흔한 이름이고 푸틴이라는 성도 귀족적이지 않아서 조금 개 같고 자본주의 냄새가 나지만 제니퍼 고르바초프라는 가명을 사용하고 있었다. 제니퍼는 오브차카처럼 옷을 입고 알렉세이를 만나러 갈 예정이다.

Kalinka

소냐 로스트로포비치는 조금 생각을 해봤다. 소비에트과학원에서 일하는 알렉세이 파지노프는 과학자지만 코카시안 오브차카처럼 흔하고 흔하기만 했다. 그와 테니스를 쳐야 할지 말아야 할지 그렇다면 클레이코트가 어울릴지 실내 코트가 어울릴지 어쨌든 소냐는 알렉세이와 침대 같은 코트에서 땀을 흘리는 것에 대해 조금 기대하고 있었다.

Kalinka

안나 푸틴은 사실 알렉세이 파지노프와 몇 번 부딪힐 때마다 비어 있던 어떤 공간이 채워진다는 느낌을 받았다. A의 모서리, B의 더부룩함, C의 떨어져 나간 반지처럼 모스크바에서는 어울리지 않는 알파벳이 수시로 그녀를 괴롭히고 있던 때였다. 어쩌면 알렉세이는 차갑고 뾰족해진 안나의 구멍을 만족스럽게 채워줄지도 모를 일이었다.

Troika

알렉세이 파지노프는 성 바실리 성당에서 주기적으로 기도를 하고 참회를 했지만 우울한 늑대와 외로운 개가 끊임없이 그를 덮쳐 왔다. 수족관으로 가서 넙치의 우아한 유영을 감상하는 것이 그의 유일한 즐거움이었다. 오브차카, 오브차카! 그가 무의식적으로 내뱉은 말에 넙치들은 넘쳤다가 사라졌다. 한 마리가 없어지고 두 블록이 사라졌을 때 알렉세이는 소냐와 안나의 매끈한 지느러미가 못 견디게 보고 싶었다.

지옥에서의 천국과 천국에서의 지옥 중 당신은 어느 쪽입니까
밤을 새워 구멍을 메우고
블록을 쌓고
개가 사라지고
조금 개 같고 자본주의 냄새가 나는 제니퍼들은 끊임없이
태어나고

띠리리리 리리 띠리리리 리리 띠리리리 리리 ……

맙소사, 매카시

블랙에서 태어난 당신의 자손들은 잘 자라고 있답니다 축축하고 음탕한 블랙은 늘 우리 뒤에 살고 있으니까요 당신의 명성은 나날이 드높아져 신종 바이러스에도 당신 이름이 붙었어요 레드가 저작권료로 시비를 거는 것 말고는 모든 것이 당신 뜻대로 되고 있어요 어제는 무례하게 침까지 뱉었답니다 글쎄 침은 또 화이트더군요 배반의 레드

쉿, 저것 보세요 저 아기 10개월쯤 됐을까요? 자꾸 넘어지는군요 다섯 번 넘어졌는데 세 번이나 왼쪽으로 넘어졌어요 자그마치 세 번이나요 이건 분명 왼쪽을 좋아하는 본성 때문일 거예요 지금부터 감시하는 것이 옳겠지요? 아기의 울음이 지령일지 누가 알아요 그리고 저 아가씨, 가슴이 왜 저렇게 클까요 하필 왼쪽이 말이에요 저 가슴속에 불온한 사상들이 저장되어 있는 건 아니겠죠 사상이란 늘 저런 은밀한 곳에서 자라니까요 저 여자 미행해야겠어요 어쩌면 성형외과 의사도 관련 있을지 모르겠네요 그가 우두머리일지 누가 알아요 실리콘 대신 삐라를 구겨 넣었다면……
아, 당장 알아봐야겠어요

매카시, 우리 일이란 게 그렇잖아요 구름도 의심해야 해요 바람의 방향도 주시해야 해요 북풍이 불 때가 최고의 타이밍이죠 맙소사! 저 학생들 좀 보세요 모두 왼쪽으로만 걸어요 정말 끔찍하군요 우린 좌측통행 허락한 적 없어요 왼쪽이라니, 정말 말도 안 돼요 저 할아버지 왜 왼쪽으로만 절뚝거릴까요 저 젊은 남자는 왜 왼손에 담배를 들고 있을까요 저 아줌마 우산 색깔은 왜 빨강일까요 좌판에 널려 있는 빨간 대야도 의심스러워요 대야 위의 고등어마저도 저 선생님도 보세요 왼손잡이예요 저런 건 진즉에 고쳐야 했는데 아직까지 그대로인 건 도대체 무슨 의도일까요

　오 세상에! 맞아요 매카시, 저들은 모두 레드예요 레드! 침 색깔까지 모두 레드인 진짜 레드라구요 당신이 잉태한 최고의 암살자 말이에요 오, 불결한 나라! 오, 위험한 나라! 오, 거짓인 나라! 당신에게 헌납된 나라! 레드 아닌 것이 하나도 없는 나라! 당신에게 나의 진심을 보여 드리겠어요 목구멍을 걸고 맹세하겠어요 당신을 위한 최고의 건배주예요 원숭이 엉덩이와 신호등과 눈초리와 귀와 담벼락 따위 적당한 비율로 섞었더니 샤또매카시

가 되었네요 자, 시원하게 원샷하세요 건더기가 있을지 모르니 자근자근 씹어 드세요 다 같이 맙소사 맙소사, 당신의 자손들을 위해서 건배

모던하우스

새가 죽었다.

요구르트 아줌마는 카트를 끌고 지나는 중이었고
산책을 마친 어린아이들은 구령에 맞추어 돌아오고 있었다.

짝, 짝, 짝
아이들이 손뼉을 쳤다.

마땅히 잘한 일이 있었을 것이다.

할아버지가 요구르트 아줌마를 불러 세웠다.
경비아저씨는 새를 쓸어 담았다.

깍, 깍, 깍
새가 시끄럽게 입구를 열었다.
보도블록 위로 시체들이 쏟아졌다.

커다란 에코백을 든 사람들이 모여들었다.

주워 담을 수 있는 깃털과 훔칠 수 있는 부리들을 향해
손을 뻗었다.

짝, 짝, 짝
아이들이 박수를 쳤다.

마땅히 아무렇지 않게 통과할 수 있는 시간이 있었을 것이다.

가방 속에는 사체들이 가득했고
누군가는 최선을 다해 집을 부수고 있었다.

마리오 란자*, 당신은 빠지세요

그날 그들의 술자리는 지극히 즉흥적이었다고 말해야겠다. 모르는 두 사람이 합석하는 일은 있을 수 있지만 취향을 무시한 건 순전히 마리오 란자 때문이니까.

자, 손이 있습니다. 당신은 손등입니까, 손바닥입니까. 당신은 내부 세력입니까, 외부 세력입니까. 우리는 그냥 손입니다! 우리는 그냥 세력입니다! 라고 말하세요. 그것이 최선입니다.

두성에서 울리는 마리오 란자의 공명

아무것도 없는 잔을 높이 들어 건배! 우는 편이 나을까요, 웃는 것이 효율적일까요. 왼손에게 고마운가요, 오른손에게 신세를 졌나요. 이성적인 편인가요, 감정이 앞서나요.

두 사람의 *레퀴엠*

제발, 선택을 강요하지 마세요. 나는 회색입니다. 스.타.카.토 두 개로 나누어야 한다면 나는 라인을 택하겠어요. 언제나 선택은 바뀔 수 있으니까요. 그것도 아니면 제가 신나는 노래 한 곡

뽑겠습니다.

벨칸토

마리오 란자, 당신은 빠지세요. ***클라이맥스!***

한 사람은 적당한 원칙을 한 사람은 물컹한 기회를 한 사람은 무색무취를 한 사람은 대책 없는 낙관을 안주로 택했다. 그가 미국인이어서 더 화나는 쪽과 그가 미국인이어서 참을 수 있는 사람도 있었다. 왼쪽으로 생각하는 사람과 오른쪽으로 행동하는 사람은 술에 취한 사람과 멀쩡한 사람만큼의 거리에서 서로를 이해하기로 합의했다.

이제부터 그들은 어떤 일이 발생하면 훔친 취향과 대조해서 죄목을 만드는 일에 열중하면 된다.

마리오 란자, 당신 덕분이라고 해야 하나.

* 마리오 란자(1921~1959) : 미국의 테너가수

잠 귀신

전생이 없었다면 우린 모두 XX이겠지.

귀신이 붙었나 봐 아주 지독한 놈으로 말이야 살살 홀리더니 다리 걸어 넘어뜨리네 갈대밭에 누워 보는 게 소원이란 말 들었나 봐 내가 아무리 쉬워도 그렇지 방바닥에 소파에 버스에 도서관에 지하철까지 시도 때도 없이 찾아와 치근덕거리네 아, 미치겠다 정말 나무아미타불 관세음보살 언젠가 휜 내 척추를 보고 나의 전생이 없는 것만 찾아다니는 미련한 첩이었노라 말하던 땡중의 말을 잊을 수가 없어 그러거나 말거나 치주염을 앓는 잇몸들은 시도 때도 없이 솟아나는 허기들을 갉아먹느라 타이레놀이 필요 없어 얼마나 맛있던지! 흥건히 고인 단물이 그놈의 정액이란 걸 사람들은 몰라 등짝을 후려치는 엄마의 호통에 잠시 정신이 들곤 해 이래서 사람 노릇 하것나 용한 무당 불러서 굿이라도 해야지 리듬 타는 엄마 말 틀린 것 하나도 없어 근데 엄마, 귀신 안 붙어도 사람 노릇 못 하는 인간 정말 많거든? 마늘을 먹든 간을 꺼내 먹든 여의주를 품든 제발 사람 되는 방법 좀 알면 참 좋으련만 잠도 안 자고 맨발로 작두를 타던 암골 그 용한 무당은 오늘도 귀신들과 놀고 있겠지? 아, 난 여전히 날카로운 것은 무

서워 하는 수 없지 카악 가래라도 뱉어 줘야겠어 그것도 아니면
변기통에 앉아 시원하게 흘려보내는 수밖에 이 몹쓸 놈의 XXX

쾨니히스베르크 안경점

시력 잃은 수학자의 노트를 뜯었습니다
커피를 내리고 컵을 깨트리는 계산법이 목차입니다
웃음이 나왔지만 나는 도넛보다 먼저 구부릴 줄 아는 인간입니다

코끼리 코를 한 입 베어 물었습니다
제곱해도 음수가 되어 버리는 맛
비릿하고 서늘한 오늘의 날씨에 괄호를 치고
귓속에 손을 넣어 노트를 넘기면

네 개의 마을에 점을 찍고
일곱 개의 브리지에 선을 긋는* 안경이 있습니다
나는 테두리를 따라 자전거를 타고 있어요 내 종아리는
얼마나 달아나고 싶은지 그러나
길을 언제나 안경으로 구멍이 뚫려 있고
눈알로 만든 바퀴가 한쪽이 빠져 버려 덜컹거릴 때

드라이버를 든 수학자가 걸어옵니다
꽉 조여 주세요

마이너스예요 나는

뒤통수만 뒤집어쓴 루트처럼
일곱 번째 다리를 다 건널 때까지
나를 만날 수 있는 공식은 하나도 없습니다

시력을 잃기 전 수학자는 쾨니히스베르크 광장에 앉아
무한 소수로 쪼개지는 마지막 눈물을 조립해
투명한 상자에 진열했습니다 오늘은 그중 하나를 골라
크레바스에 빠진 코끼리에게
씌워 주고 싶습니다

원주율 밖으로 튕겨 나간 달들이 계산을 마쳤습니다
컵과 도넛이 같다는 등식이
마지막 페이지입니다

* 같은 다리를 두 번 건너지 않고 쾨니히스베르크의 일곱 개 다리를 다
건널 수 있는가에 대한 오일러의 공식

나의 첫 번째 트랙

튤립 한 단을 들고 횡단보도에 서서
하이, 입을 동그랗게 모으고 혹은
헬로

아무도 나를 모르겠지만
어쩌면 오래전에 파양된 고아일지도 모르겠지만

어깨를 스치는 당신들과
내 이름을 아는 당신들과 헤어지고
헤어지는 동안 아이들은
피었다
지고

붉은 입술이 깨지면 발자국이 깊어져
흑 백 건반을 누를 때마다
트랙을 돌아온 바퀴에
바람이 빠진다

아프가니스탄에서는 압둘라나 하산 같은 남자들이
튤립 대신 총을 들고
사막을 지나고
그래서 사막은

붉고 검은 유령들의 꽃밭

히잡을 쓴 여자들이 모래 속에서 아이들을 건지는 동안 나는
먼 타국의 횡단보도에 서서

이름 없는 꽃들이
떨어지는 모가지를 잡고 우는 것을
한참 동안 지켜보았다

고추傳

죽은 암컷 캥거루를 일으켜 세우는 돌출을 지나

고름이 터질 때까지
매달려 있으면 됩니다.

색깔의 경계에는 신호등이 있고 입맛에는
메뉴판이 있는데요, 땡초를 선호하는 당신은 조금 과격하고
주황을 사랑하는 나는 우유부단해서

따야 할지 말아야 할지

혹자는 컵을 씌우기도 하지만 아이스크림을 걸치면 저절로 숙
연해지는 걸음걸이를 좋아합니다.

쓸모없어진 바지와 치마 사이에 코미디가 있고
나와 당신 사이에는 한 뼘 길이의 관계가 있습니다. 낡아 해
진 모든 우리도 한때는 새것이었으니 딸랑, 딸랑 자세를 바꾸어
주세요.

뜨거운 맛이 필요합니다. 그러니

움직이면 안 됩니다.
발자국이 예쁘지 않아요.
예민한 머리가 망가질 수도 있으니 함부로 놀려서도 안 됩니다. 간혹
익기 전에 바람난 당신을 만나기도 하는데요, 부드러운 손목의 스냅으로

한번에 뒤집어 드리겠습니다.
시원하게 자빠뜨릴 수도 있으니 조심하세요.

바야흐로 당신의 계절입니다.

가뭄

우리는 아침부터 혁명을 이야기했다.

식은 어묵탕을 뒤적거리며
모두의 비열함에 경의를 표하며

변절한 계절과
변하지 않는 당신에 대해

이야기했다. 배워야 할 것들이 많아서

레닌과 망령처럼 떠도는 마르크스의 글귀들을 끼워서 맞춰 가며

누군가의 심장이 조각나면
비가 내리지 않아도 뒤집어지겠군!

이야기했다. 흥청망청

서로의 아름다움과 고결함에 대해 말하던 선배는 엄마 때문에

울었고
　　나는 선배의 슬픈 얼굴 때문에 울었다.

　　위하여!
　　그래, 위하여!

　　주어가 빠진 무언가를 위해 끝임없이 건배하며

　　이야기했다. 주절주절

　　처음의 부끄러움이 무관심이 될 때까지
　　더러운 변기통에 서로를 토해 가며

　　한번쯤은 목숨 걸고 마셔야지!

　　벌겋게 끓어오른 우리는 혁명이 완성된 것처럼 축배를 들며
　　이야기했다. 강의실을 찾아 뛰어가는 친구들의 뒷모습을 지
켜보며

왜 벌써 그쳤을까.

알지 못했다.
기나긴 건기가 시작되고 있다는 것을

누군가 죽고
무엇인가 무너졌지만 혁명은
말라비틀어진 지렁이처럼 무기력했다.

모두가 떠나 버린 술잔은 녹이 슬었고
왁자지껄한 구름 속에서 더 이상 비는 만들어지지 않았다. 그
리고 우리는

아무도,
아무것도 이야기하지 않아도
견딜 수 있게 되었다.

2부

내가 너무 살아 있는 척을 했지?

단수

1
비가 내렸다

계속 내렸다

우리는 아몬드를 씹으며 기다렸다

내가 너무 살아 있는 척을 했지?

2
곰팡이가 핀 가방을 열고
곰팡이가 핀 애인을 집어넣는다

이건 너무 고전적이야. 우리가 되기 전엔
누구나 아몬드였으니

계속 너를 씹어도 될까?

애인은 입술을 구기고 있다

3
안정적인 구도를 위하여
비를 목격해야지
비스듬히 누워

수평 위의 수직 간혹
수직 위의 수평, 나무 위의 구름처럼
아슬아슬해지면

자, 올라와

까끌까끌한

아몬드를 씹으며 기다렸다
계속
계속

4

껍데기와 껍질 중 무엇을 벗겨야 우리는 좀 안전해질까

5

방바닥이 갈라지고 있다

쩍쩍 다리를 벌리고
머리를 열고
아몬드를 꺼내서 쩝쩝
씹으며

목구멍이 거칠어지고 있다

점점 구석으로 막히고 있다

6

비가 내렸다

계속 내렸다

갈라진 목구멍을 확장해서
각자의 방식대로

애인과 수리공을 바꾸기 위해서는
기다리는 일밖에 방법이 없었다

부패

한쪽이 문드러진 귤은 용서할 수 있다
같은 계절을 사랑한 우리라면
(그렇다고 말해 줘)

까만 방에서 귤을 꺼낼 때마다 말랑한 순간들이 만져지는 것도
(역시 그렇다고 말해 줘)

누군가를 벗기는 것 같아서
한쪽을 냉큼 입에 넣고 아~ 하면 너는
아무렇지 않게 내 젖꼭지를 사탕처럼
굴릴 수 있다고

이건 내가 그렇다고 말해 줄게

작년 크리스마스에는 눈이 오지 않았어

네가 먼저 말해 줘서 기쁘다 작년의 느낌
크리스마스의 마리오네트에 관해서

나만 그런 게 아니어서
이런 식의 대화는 필요하다고
(그렇다고 말해 줘)

작년 크리스마스에는 눈이 오지 않았다고

지금이 여름이어서 다행이다 좀 더 빨리
뼈가 될 수 있으니까 우리는
핑계가 필요하고
종결어미에 악센트를 주면

그래서

뭐,

어쩌라고

조금만 내려와 줄래, 내가 벗어 던진 옷가지처럼

껍데기가 되어 보는 거

빠진 송곳니를 죽은 할머니가 훔쳐 달아나는 꿈
왜 나는 항상 썩은 사람들과 눈을 뜨는지

작년에 내리지 않은 크리스마스는 누구의 잘못도 아니지만 우
리는
근사한 온도가 필요해서 뭐든
펼치게 된다고
(그렇다고 말해 줘)

나도 그렇다고 말해 줄게

벌써 우리 몸에 꽃이
피고 있잖아

기린 씨, 이제 좀 가 주시면 안 될까요

당신을 사랑해서 기린과 함께 앉아 있다.

기린은 길고 검은 혓바닥으로
애인의 두 볼을 핥고
애인은 나른한 손바닥으로 기린을 사랑한다.

뚝, 뚝 흘러내리는 온도가 전염된다면 나는 조금
위로가 될까.

기린 씨, 이제 좀 가 주시면 안 될까요.

애인이 졸고 있는 사이
우리 사이의 기린에게
말하는 사이

당신과 내가 애인인 것은 계속되지만
우리는 그냥 아는 사람들처럼 길어진다.

이름을 부르면 떠나게 되겠지.

늘어난 기린의 목을 타고 애인은 다락방으로 올라간다.

새로 산 기린의 신발과 기린의 무늬와 온갖 것의 기린이 가득
찬 그곳에서 나는 당신을 사랑해서
기린과
누워 있다.

기린은 애인의 팔을 베고
나는 기린의 목을 베고 우리는 삼각형처럼
질서정연하다.

이것을 풍경이라고 부르면 나는 검은 점이 될 수 있을까.

따분해, 같은 사소한 입술 하나가 날아든다면
우리는 얼룩을 잊어 가겠지.

기린들만이 우글거리는 우리는

관상용 애인

본 적 없는 애인이 나를 애인이라 부르면서 찾아왔다.

오랫동안 잠을 잔 것처럼 나른하게 하품하면서

셔터를 누를 수는 없겠다. 우리는 분명 사랑했을 텐데

과거와 현재가 섞이며
애인과 나는 어눌한 발음으로 밥을 먹는다.

묵묵히,

달아오르지도 못하고

우리는 밥알처럼 단순하다.

말라 가는 이마를 허공에 심으며 애인은
더 이상 고양이가 오지 않는다고 투정을 부린다.

키웠던 고양이는 어디로 갔을까 처음부터

울기는 했을까.

웃지도 않고
심각하지도 않고 애인은
햇볕이 필요한 이파리처럼 오물거리기만 한다.

키스할까?

비릿한 애인의 입 속에서 나는 잠시 머물 수 있겠다.

우리의 육체는 모서리를 잃어 가는 말만큼 닳았고 헐렁해졌지만
나는, 애인은 이렇게
살아가고 있다.

식물학에 앉아
죽은 동물의 사체를 게걸스럽게 넘기면서

나의 질서는 이렇게 만들어졌다.

마리아주

'나' 옆에 '와'라는 조사와 함께 살 수 있는 것들을 찾고 있습니다. 가령 느릿느릿 숲으로 따라 들어가는 햇볕과 헌책방에서 챙겨 온 오래된 지도와 떠돌이 배 같은 것들 말입니다. 날 키운 짐승들은 질문이 없고 내가 데려온 나무들은 너무 시끄러워서 나는 철 지난 무릎처럼 튀어나와 있습니다만 나의 돌기는 '와'와 더불어 자라고 '와'와 더불어 뻗어 나가므로 나는 최선을 다해 나의 '와'와 닿아 볼 작정입니다. 모든 피와 모든 것에 연루된 나의 와는 불안과 더불어 외롭고 떠난 것들과 더불어 둥글게 말려 있습니다. 벼룩을 키운 털과 털을 잃어버린 고양이는 서로를 어떻게 기억할까요. 피를 나누어 가진 뱀파이어처럼 서로의 목덜미를 그리워할 수 있을까요. 그로테스크한 와를 사랑한 적 있는 당신이라면 지금이 너무 가벼워서 장난 같다고 계절이 바뀔 때마다 재채기가 멈추지 않는다고 웃으며 말할 수 있지만 나는 너무 의존명사 같아서 도대체 지금의 '와'는 어디쯤 와 있는지 자꾸 말라 가는 마음이 되어 버립니다. 외로운 쪽에서 서성이는 것들을 향해 기울어져 있는 덩굴이 되어 버립니다. 99프로의 습도를 비라고 말하는 당신을 위해 우산을 펼쳤다면 나는 당신과 늑대 같은 개가 짖어 대는 문 앞을 지나 어제의 울타리와 오늘의 웅덩이**와** 몇 년 전의 우울에 관해 말할 수 있었겠지요. 나는 여전히 '나' 옆에 함께 죽을 수 있는 '**와**'를 기다리고 있습니다. 타일 하나가 툭 떨어집니다. 발가락이 간지러워 잠시 나를 말려야겠으니 당신들은 가만히 앉아 주십시오.

NEXT

당신과 잠을 나눠 가졌을 때부터 고장 난 것 같다.

핸들을 틀어 볼까
최선을 다해 넘어져 볼까

일정한 트랙을 따라 굴러다닌다.

손을 놓지 못하는 내가 따라다닌다.

꽤 쓸 만하군.

시계를 선물하면
악몽은 꾸지 않겠지.

죽지 않는 아이들이 무덤을 만들 때마다 화면이 바뀌었다.

세상은 영화가 될 거야.
시간은 우리보다 빠르니까.

누군가의 저주가 펼쳐지기도 전에
또 다른 악몽을 찾아 빠른 속도로 눈을 감았다.

통으로 구워 낸 양 한 마리가 살아 있는 것처럼
머리 위에서 자란다.

손을 놓지 못하는 내가 따라다닌다.

당신이 내 목덜미를 잡고 끄집어내고 있다.

다
음,

난전

이제부터 나는 필요할 때마다 골라 걸을 수 있는
기분을 가지게 되었습니다.

춤을 추게 된다거나 구원이 이루어지는 그것도 아니면
발을 자를 수도 있는
이상하고
기묘한

당신들은 불쾌할 수도 있으니 비켜 주세요.

지겨울 때는 가장 발칙한 발을 골라 주머니에 넣고 껄렁하게

깡통이나 머리통 걷어차면서
발이 하는 일이야, 무심하게

어떤 발은 바람이 나서 데리고 다닐 수가 없습니다.
변두리 여관에서 뒹구는 발목을 목격하신다면
시원하게 손가락 하나 날려 주시고 패스!

그래도 화가 안 풀린다면 빨간 구두를 던져 주세요.

반항적인 발은 껌을 씹어요. 턱뼈가 빠지도록
모든 총량의 지랄이 만발할 때까지

우울한 발은 술집에서 접시를 깹니다.

걱정하지 마세요.
바닥은 안전합니다.

뒤꿈치가 벗겨진 당신이 걸어올 때면

어떤 발을 골라야 할지 난감합니다. 그래서
당분간 당신을 만날 생각이 없어요.

하루에 한 개씩 구멍 나는 기분들

눈물이 바닥날 때면 지하상가 화장실에서
목소리 큰 브로커를 찾아보세요.

발등이 감쪽같이 사라졌다면 이 남자를 의심할 것.

붉은 신호등이 깜빡거리면
나를 찾아오시든지.

월식

배설하지 못한 말들이 튀어나와 조금 즐거운 시간이기도 하지만 북북 긁다 보면 항문이 열리고 벽이 열리고 지붕이 달아나기도 하지만 고양이를 깨운 것은 전적으로 예민한 털 때문이었지만 13살에 나는 나만의 털을 가지게 되었는데 그것은 겨드랑이도 성기도 아닌 점 위의 털이었는데 나만의 털을 가진다는 것은 나만의 코끼리를 가진다는 것과 같은 말인데 거대한 세계가 뚜벅뚜벅 걸어오다가 철퍼덕 웅덩이를 밟다가 바나나에 원숭이 엉덩이를 핥기도 하는 것인데 그런 대단한 털을 옆집 머슴애에게 보여 주었는데 그 새끼는 내 털에게 칫, 그까짓 것, 내가 알아들을 수 있는 모욕의 털을 한바탕 날리며 내 코끼리를 잔인하게 무시했는데 흠, 털의 용도는 다양해서 풋고추를 씹어 먹을 때 잠시 주저하는 틈이기도 하고 트럭이 달려오면 일어서는 온몸의 찰나이기도 해서 더 이상 털이 자라지 않기를 빌었는데 털로 뒤덮인 밤,

악몽을 꾸는 나를 풀어헤칠 때마다 검은 실을 칭칭 감고 있는 저것은

바이러스

한쪽 끝에는 터널이 있고 다른 쪽에는 환승역이 있는 거기, 애인과 내가 심드렁해서 아프지 않았던

가라앉은 공기가 있고

가라앉기 전 하루는 가루였고
우리는 아무것도 몰랐지만
몸이 없어서 헤펐고

모래시계에서 떨어지는
우리의 관계에 대하여

레일에 귀를 대고 달려오는 기차를 기다리는 거기,

미래와 현재가 뒤섞여
과거처럼 아름다워지도록 간혹

터널의 농도가 궁금하고 역의 역은 어디인지 말장난도 하면서

실체 없는 것들과 살아가고
이름 없는 것들과 사나워지지

나의 검정과 애인의 빛나는 이마가 교미하는 지점에서 생겨나는
물집 같은 것

살아가는 이 모든 기분이 문득
벽을 긁는 고양이 발톱처럼 느껴지는 거기,

자신의 묘지를 닦는 처녀들의 걸레처럼 잠잠해지는

가루가 있고

가라앉기 전 우리는 완벽한 공기였고
서로의 불안을 툭, 툭 터뜨리며
겨우 안심하는
거기,

발랑, 밤

프랑스 여인을 만났다네 그 여인은 비숑을 안고 있었는데 이름이 만두라더군 발랑

수국 같은 머리를 흔들며
가슴을 흘리며

발랑 발랑

그런 날에는 만둣국이라도 먹어야 그 여인을 이해할 것 같았네 두부와 잡채와 부추의 기막힌 리듬을 상상해 보게나 후끈 달아올랐지 만둣국 집을 찾아 걸었다네 실톳이 풀린 달과 별이 청승맞게 붙어먹는 밤이었지

마담, 참으로 짓궂은 밤의 요정이 요 어여쁜 언덕의 단추를 삼킨 것 같군요
어머, 짐승 한 마리가 내 가슴을 뜯어 놓고 갔나 봐요

수염을 살짝 잡아당기는 로코코풍 목소리, 상상해 보게나 그

런 목소리를 좋아하는 사람들은 발바닥이 성감대라네 발바닥이 탭댄스를 추면서 발광하더군 발 타다다다딕 랑 티디디딕

작은 프랑스식 만둣집에 앉아 우리는 신발을 벗고 발랑 온 밤의 세포를 쿡쿡 찔러 발랑 발랑 만두 옆구리가 터지는 줄도 모르고 만두가 짖는 줄도 모르고 온통 벌렁 벌렁

발바닥에 불이 나도록 걷고 또 걸었다네 걸을 때마다 내 두 쪽이 딸랑딸랑 어깨를 스칠 때마다 겨드랑이에서 발랑 엉덩이에서 발랑 배꼽에서 발랑 소풍 나온 벌거벗은 모네처럼 발랑 발랑 알밤 터지는 소리를 내더군 내 속이 터지는 줄도 모르고

프랑스 여인을 만났다네 그 여인은 비숑을 안고 있었는데 이름이 만두라더군 터질 준비를 하고 발랑 까질 준비를 하고 발랑 발랑 지나치면 물릴 수도 있으니 살짝 치마만 걷어 올려 주시고 사다리가 있다면

툭, 차 버리고

아보카도

너의 어깨와 나의 발꿈치가 반들반들해질 때까지

바다와 만날 때 우리는 완벽하다.

두 볼을 비빌 때
아밀라아제가 섞일 때

지중해로 날아간 X는 조금 까매졌을까. 몇 번의 기내식, 몇 번
의 난기류, 하겐다즈 아이스크림을 쩝쩝거리며

쿠키 좀 주세요,
아니면 파머주스라도

이건 산소예요.
어디에나 있죠.

이해합니다. 의사는 아니지만
멀쩡한 정신으로 어떻게 통과하겠어요?

써니 사이드 업!
이거라도 드시고 잠이라도 주무시고 그러다 보면
아름답고 큰 똥을 싸게 될 거예요.

깊고 깊은 흙더미 속의 X

다시 한번 말하지만 우리는 완벽하다.
바다와 만날 때

수영도 못 하는 주제에 뜰 수는 있겠니?
열기구를 터뜨리며
미끄러지는
물고기들

다행이야, 정말
새로운 교배종이 탄생할 거야.

365개의 해와 365개의 달이 뜨는 타국에서

너는 방이라 생각하고
나는 관이라 생각했고

우리의 아보카도는 어디에서 멀쩡할까.

3부

제발 손가락 좀 찢어 봐

마스터클래스

　한쪽에는 장화를 신고 한쪽에는 운동화를 신은 아이가 뛰어
간다.

　애야, 뛰지 않아도 돼.
　세 번째 도에서 첫 번째 도까지
　제발 손가락 좀 찢어 봐.

　힐끗,

　미친년.

　열린 문으로 들어간 아이는 다시 나타나지 않았지만
　나는 그때부터 상스러운 어른이 된 것 같다.

　같은 곳을 반복해서
　틀리면서.

　익숙해질 때까지

더

찢어야 할 것 같다.

해프닝과 해프닝 사이

반은 반대쪽에 산다

나누어 가진 것들, 어디에도 없는 오빠 애꾸눈 할아버지 주황
색 털 스웨터 죽은 다섯 개의 화분 다정한 가시 같은

집이라고 부르고 싶은 집에서 반은 웃고 있다
그냥 안다 접을 수는 없지만

끌어당기는 쪽으로 기울어질 때
왕성해진다는 것 울음이든
구멍이든

반의 어깨는 흥건하고
반의 어깨는 깊어졌다 어젯밤 지나친 취객의 방향으로

소란스러운 바깥

바깥이라고 부르고 싶은 집에서

컵라면에 물을 붓고
반만
반의 반만
기다린다

그냥 안다
불길한 예감 아무도 집으로
아무것도 데려다주지 않는다는 것

할아버지의 애꾸눈으로 본다 나에게 남아 있는
유일한 버릇처럼

알아보지 못한 것들이 느리게 간다
멈추는 것과 무뎌지는 것들의 경계가
차곡차곡 쌓이면서

반도 알겠지

반은 반대쪽에서 본다, 보고 있다 역시 애꾸눈으로
일그러진 거울 앞에 앉아
조금씩 뚜렷해지는 귀와 입의 가장자리를
만지작거리며

이렇게 오빠는 반으로 건너갔나

우리는 드디어 무릎을 맞대고 누울 수 있겠다

죽은 화분 속에 웅크린, 나의
모든 것들과 함께
완벽하게
쪼개진

피구

대동맥박리로 반나절 만에 아버지가 죽었다.

염을 하고
사람들이 하나둘씩
고개를 숙일 때마다
엄마는 접힌 아버지 귀를 찾아 속삭였다.

내 더러운 것까지 다 데리고 가

엄마 뒤에 서서 차례를 기다렸다.
다행히 아버지는 여전히 죽어 있다.

나는 다른 한쪽 귀를 펴고 소원을 빌었다.

아버지, 엄마도 갖고 가

누가 더 독실한 가족인지
아버지는 알겠지.

우리는 모두 금을 밟고 조금씩 넘어지고 있다.
아직 한 발이 떨어지지 않았으므로

계속해도

된다.

천천히 기울고 있다.

다큐멘터리

개의 환생을 믿는 유목민들은 죽은 개의 꼬리를 잘라 잠자는 머리맡에
　묻어 둔다고 한다 죽인 수만큼 촛불을 켜고
　벗긴 가죽만큼 절을 하고

이런 느낌일까

머리맡에 묻힌 기분은

할머니는 짐승의 배설물로 불을 지핀 게르 안에서 빵을 굽고 있다 한번도
　빵을 구워 본 적이 없는데

따뜻하고 물컹한 밀가루 반죽에 이스트를 뿌리며
　작고 예쁜 개를
　앞니가 썩은 야윈 여자아이를

할머니, 할머니는 우리 할머니가 맞아요? 지금

나를
개와
나와
개를, 우리는
똑같이 화로 안에서 다시 태어나고 있나요?

환생을 결정하는 흙의 질감에 대해 증언할 수 있어요 그러나
이처럼 환한 내부를 설명할 수는 없겠습니다
맹세코

바지를 내리고 오줌을 누는 한 무리의 개떼들

텁텁한 하늘의 입냄새를
혀를 잘라 낸 개의 누린내를 아무렇지 않게 덮고 자는
여기는

눈만 뜨면 셔터를 누를 수 있는
여기는

터미널

너의 멍을
가지런한 요일을
고양이를 끌고 가는 검은 개를

우리는 목줄이 필요했지 항상
다섯 개의 구멍
두 번째와 세 번째를 드나드는 적당한 입체감으로

어디로 모실까요?

삐끼가 되어도 좋았을 거야

오늘은 천왕성으로 가요
다이아몬드 비가 내리는 날이거든요

인형을 손에서 놓지 못하는 남자를
피아노를 짊어지고 다니는 노인을

통과한다

어제는 몽블랑이 좋겠어
20년 전 사체가 아이스크림처럼 녹아내린대

러시아 여자들의 수다, 손잡이가 찢어진 우산, 상하가 뒤바뀐
원피스, 몇 번을 갈아입어도 똑같은 꿈

중심을 치고 밖으로 밀려나는 진자처럼

꽉 찬 다섯 개의 구멍으로
침을 흘리는 개들이
그 뒤로 고양이가

전단지 속의 여자를 끌고
서성거리고 있다
입냄새 풍기는

날아가는 계단에서

노마드

잼을 만들거나
갈아 마시는
포도나 딸기, 바나나 같은 시간

고양이를 열고 창문을 턴다.

카펫과 소파와 카디건과 떡갈나무와 목구멍에서 고양이가
떨어진다. 떨어지고
떨어진다.

한 갈래에서 갈라져 나온 흰색과 검은색의 짐승들이 우리 집 난간에서
강을 건너고
바다를 건너
페르시아의 언덕까지

KM-53은 지금도 불운한 계절을 찾아 산을 넘고 있다는데

우리 집 자손들은 팔레오세의 냄새를 찾아
확장될 수 있을까.

다들, 잘 살아야 해.

여기까지입니다.

    아랫집 남자가 창문을 닫는다. 떠나 본 적 없는 남자의 뿌리 같은 것이
바닥을 긁고 있다. 이미 그의 거실에서 기생하고 있을
나의 몇 마리에게도
현관문에 나뒹굴고 있을 당신의 신발들에게도

잘 살아야 해, 다들.

고양이가 필요한 풍경이 있고
화분을 갈아엎어야 할 타이밍이 있다. 잼을 만들고 갈아 마시는
포도나 딸기, 바나나 같은 시간은

어디에서든
언제든

살갗 아래

나를 넘기던 것들이 움직이기 시작했다

담배를 피우고
밥을 먹고 그래도 남는 하나는
카페에 앉아서

남자를 따라간 둘은 돌아올 생각이 없고
할 일 없는 여럿은 지하철을 타고

깊은 오후를
나같이 생긴 심드렁한 날씨를

견디고 있다, 우리 잠깐
숨을 쉴까

손목을 열면

어떤 하나는 밤마다 몸 구석구석을 기어다니니까, 우리 잠깐

눈을 감을까

꽃이 폈다가
독이기도 했다가

아래로 숨어 버린 하나는 흐르기만 해서 나는
죽은 어릿광대의 이마처럼 웃고 다니니까, 우리 잠깐
살아 볼까

무덤을 파헤친 사냥꾼 이야기를 읽는다

하나가
가장 무거운 숨으로

뻣뻣해진 나를,
참아 내고 있다 겨우

버릴 수 있게 되었다

구석

실내화 한쪽이 발목을 가지는 쪽으로 생각하면 된다.

치료를 마친 머리카락이 엉키는 오후

밑으로 내려오는 것 7개
퍼지는 것 2개

내가 알고 있는 것은 모두 9개지만 내 호의를 기억하는 누군가가 어두워질 때면 조금씩 활발해지는 경향이 있다.

함께할 일들을 떠올리며 나는 발톱에 정성스럽게 매니큐어를 바르고 무릎을 접지.

나를 내려놓고 가는 검은 봉고차

모서리에 힘을 주고 이쪽과 저쪽을 접으면 열린다.
가끔 데칼코마니, 가끔
낭떠러지

빛이 없는 곳에서 모든 구멍을 열고
기다린다.

우린 만난 적이 있나요?
여기서 담배를 피워도 될까요?

불량한 언어를 해독하는 순간 활발해지는
칼
자국들

그럴 수 있지, 능숙하면
슬퍼지니까.

혼잣말을 이해한 구석이 중얼거리는 말들을 들을 수 있게
되었다.

내려가지 않고도 가끔,
아름답다.

12월 26일

주머니가 헐거워지면
기쁘게 웃자. 엄마가 나를 두드리며 말한다.

기쁘니까 나는 태어날 생각이 없고
엄마는 지루해져서 방바닥을 기어다닌다.

점심상을 물린 할머니는 마루에 앉아 담배를 피운다.
폐가 썩어 들어가는 냄새가 났다.

우웩.

둘 중 누가 먼저 토를 했는지 모르지만
나는 그렇게 재떨이 위에 떨어졌다.

쓸모없는 것들의 자유로움 혹은
비를 예감한 구름, 나는 울지도 않고 한참을
버텼다.

꿈을 꾸려면 발버둥 치지 말고 가만히 누워 있거라.

할머니는 긴 곰방대로 댓돌을 탁, 치며 금줄을 끊었다.

후회하지 말아야지. 나는
다시 나를 들어 주머니 속에 집어넣는다.

나를 버리는 상자를 경비아저씨가 지켜본다.
죽은 할머니의 환생처럼

살아가는 습관이 자리잡아도
나는 여전히 재떨이 위에서 눈을 떴다.

Scene 1. 육체미

수학의 정석을 펴 놓고
0과 0 아닌 것들의 세계를 상상해 봅니다.

창문의 얼룩은 숫자의 영역일까요, 그렇다면
오늘 하루나 당신의 왼쪽 같은 것들은
어떻게 생겼을까요.

12와 1의 방향으로 고개를 조금 꺾으면 눈꺼풀이 무거워집니다.
이때쯤 모서리를 버리고 릴렉스,
보이나요?

구덩이를 몇 번이나 지나치겠지만 간혹
2와 3 사이에서 파타고니아까지
바람 빠진 풍선처럼

뒹굴다가
빙글빙글 망설이다가 섞이게 된답니다.

모호한 꽃의 이름과 날씨와 안부와 그리고, 그러나, 그래서와
기타 등등과

느낌이 와요, 이렇게 굴러가다 보면 아니 굴리다 보면
풍만해집니다. 서서히
보이기 시작해요. 만질 수도 있을 것 같습니다.

오후의 약수를 12라고 가정한다면 4와 6을 건너기 전에 각진
원형들과
인사하세요.
울퉁불퉁한 근육들이 찢어지기 전에
다시 릴렉스.

책은 덮고 고개는 들고
자, 보세요.

그럴 수 없는 것과 그런 마음은 같은 방향이어서
다시 평평한 0의 세계로 뻗어 가지만

일상을 깎아서 만든 오늘의 육체미,

보이나요?

그럭저럭
타당하다고 생각됩니다만

쳐다보지도 못하게

우리 아부지는 옆 마을 명자 엄마를 사랑한 게 아니라 붉은 머리 오목눈이를 사랑한 거라 오목눈이는 뻐꾸기를 사랑했고 뻐꾹 뻐꾹 우는 소리에 끔뻑 넘어갔다지 문제는 명자 엄마였던 거라 잔칫날 장구 치는 아부지 모습에 혼이 나갔던 거라 장구만 쳤겠어 꽹과리 징 두드릴 수 있는 것은 죄다 모아 토끼가 떡방아 찧듯 달을 찧어 댄 거라 툇마루까지 들어온 달그림자를 덮고 쿵덕쿵덕 둘은 사랑을 한 거라 엄마 말로는 지랄을 했다지만 사랑과 지랄이 얼마나 다르겠어 엄마가 오목눈이 둥지 앞에서 주둥이로 알을 깰 때부터 둘은 그렇게 막장 드라마의 주인공이 된 거라 하지만 아부지는 남달랐지 명자 엄마는 순자 엄마로 순자 엄마는 암골댁으로 뻐꾹 뻐꾹 진실로 대단한 뻐꾸기가 된 거라 아부지 장례식 날 뒷산에서 뻐꾸기가 울었던 거라 아부지는 나무 위에 무덤을 걸어 놓고 깃털을 흘리고 있었던 거라 엄마는 둥지에서 올라간 낮달, 텅 빈 껍데기를 뒤집어쓰고 떨어진 아부지를 주워 담고 있었던 거라 엄마가 뻐꾹 뻐꾹 울었던 거라 처음으로 엄마 울음의 태생을 알게 된 거라 바람이 훔친 깃털 하나를 잡고 엄마는 평생 낮에만 잠을 잔 거라 다른 남자는 쳐다보지도 못하게 아부지는 죽어서도 뒷산에서 뻐꾹 뻐꾹 울고 있는 거라

뚜렛

갔던 곳을 가고
먹던 것을 먹는다

그리고 또 그린 스케치북을 넘기며
다시 피는 계절을
책꽂이에 꽂힌 개를 우리는
모른 체할 수 있을까

일어나고야 말았던 일들은 어떻게든 머물렀다

올이 풀린 주황색 스웨터는 밤마다 돌아왔고
참석하지 못한 그날의 습도는 웃음을 던질 때마다 생생해졌다

지나왔다고 생각했다
지나갔다고 말하고 다녔다

칭얼거리는 털의 느낌에 대해 이제는 알 수 있다고
누군가 수시로 나를 두드릴 때도

아무렇지 않게 등을 돌릴 수 있다고

전구를 갈아 끼우면 새 빛이 만들어졌다
내가 몰랐던 입맛이 어딘가에서 왔다

자, 그럼
다시 시작해 볼까

그렇게 말하면서부터
안녕,
안녕

내가 한 적 없는 인사들이 수시로 튀어나왔다

당신은 나를 건너가지 않았고

과거는 아직
오지 않았다

거울

당신은 황량하고 가슴 아픈 방식으로 아름답다.

까만 토끼 주인을 아냐고 물어 오는 골목을 지나면
하얀 토끼를 구경하는 아이들이 있고

흐르지 않는 당신은 어떤 곳에 괄호를 닫아야 할지
머뭇거린다.

보세요,
당신보다 그녀들이 먼저 깨어났어요!

이반을 기억하는 당신과
이반이었던 당신

조각에서 잘려 나온 나는
모스부호처럼 띄엄띄엄 당신을 읽어 낸다.

투명인간이 아니라고 말하는 것에 입술을 다 써 버렸다.

엉뚱한 곳에서 태만했고
사라진 쪽으로만 왕성했다.

왔던 방향으로 되돌아가는 당신을 이해하기로 했다.

눈을 감으면 뒤로 가는 이 기분
나를 깨트리지 않아도 깨지 않을 수 있을까.

바깥이 부풀어 오른다.
벽과 냉장고와 의자와 침대와 그렇게 나의 안이
좁아진다.

산도에 갇힌 태아처럼
너무 조이지는 말아 주시길.

얼굴이 구겨지고 있다.

4부 |

가장 슬플 때 나는,

한다

콜걸

긴 복도에 앉아 있다.

단단하고 어두운 벤치들

첫 남자와 누웠던 작고 딱딱한 소파, 우리는 떨어지지 않기 위해 서로의 손톱을 찔러 넣었지.

지나가 버렸다.
젖꼭지 하나를 입에 넣어 주고

조금 말하고
작게 물러서며
더 나쁘고 비참하도록 내버려두었다.

뻣뻣해질 때까지

오줌을 누는 나를 탐욕스럽게 바라보던 학생에게
잘라 낸 젖가슴을 알아 버린 옆집 남자에게

내 사랑스러운 콜걸을 보내 드립니다.

달의 기관지를 핥던 혓바닥으로 당신의 음경을 정성껏
핥아 드리겠습니다.

말할 수 있는 몇 개의 입술로
익명의 몸과 마음에 죄를 짓지 않도록 나는 쉽게
화대를 받지 않겠습니다.

하나가 나오고 하나가 들어간다. 잠시 따뜻했던
흔적들

가장 슬플 때, 나는
한다.

아름다운 비인칭의 언어로 당신 위에 올라탈 것

복도 가득 눈 뜬 나비들이 날아다닌다면
사탕 맛을 알아 버린 개처럼
짖어 주기를

그것으로
충분하다.

인사

차갑지도 뜨겁지도 않게 우리는 만났다 쳇, 알 수 있다 웃고 있지만 입꼬리는 건조한 개처럼 말려 있지 울지 않아서 다행이다 쳇, 찌질하지 않게 우리는 옆자리에 다정하게 앉아 얼마나 술을 잘 마시는지 얼마나 진보적인지 그리고 얼마나 많은 애인들과 섹스를 했는지 쳇, 그제서야 당신은 우리가 서로의 손바닥과 얼마나 친밀해질 수 있는지 말한다 말하고 있다 당신의 반듯한 가르마처럼 쳇, 그래 나누어 가진 고향에서 발효된 구멍들 내가 만든 다리 밑에서 뚫어져라 구멍을 찾던 천진한 눈빛들 쳇, 까발려진 우리는 그때야 안심한다 그때서야 나는 열네 번째 창녀를 소개할 수 있지 쳇, 제대로 화대도 챙길 줄 모르고 심드렁한, 쳇

불쾌한 골짜기

쏟아지기로 해, 우리
눈과 코와 입에게 안부를 물어 주고

두 가지 언어로 우는 고양이를 지나 당신, 거기 있군.

웃는 해골을 가졌다는 것은 첫인상에 관한 긍정적 보고서
우리는 첫눈에 반할 수도 있었어.

개처럼 말을 했나 내가?
조롱하는군, 우리 집 개처럼
혓바닥에 선인장을 심어야 할지도

배달된 귀에서 지네가 기어 나와 조금씩 중독된 나를
옮기기 시작했지. 동의하지는 않았지만
나는 여기 있는데 저기도 있고

거기서 웃고 계신 분, 혹시 혹시 아니지?

덜컹거리는 이 기분이 누구의 것인지 아직
설명서를 다 읽지는 않았어.
바람 빠진 달에서 기어 나온 지렁이
떠난 것들의 목록을 뒤적거리는 치사한 뒤통수

Made in ……

누구였을까 내 머리통을 가져간 것은
안녕, 그동안 즐거웠어.
내 몸에게 작별을 고하고

플라스틱 입술이 빈 몸에서 체위를 배우고 있어. 나는
오늘 밤 육교이거나
정류장이거나
오물 가득한 입 안을 헹굴 거야.

이 골짜기는 재배치가 필요하지.

의자는 더 뒤로 스카프는 발목에 동전을 숨기는 손가락은 지갑 속으로
팬티 속의 독은 좀
치워 줄래.

쏟아진 것들을 주워 담아
찡그린 미간부터 발라 먹을 수 있어. 세 갈래의 길
어디에도 나는 없지만

완벽하게 전시된 나를 위해서
기름칠을 하고
뻑뻑한 부품 하나를 갈아 끼우지.

글로리홀

엉덩이와 엉덩이가 포개졌을 때 나는
뒤의 세계가 궁금하다.

두께를 의심하고
재미를 믿지 않는
의자와 의자 사이의 간격처럼 우리,
겹치지 말자.

모자를 썼을 때 분간할 수 없는 너와 나는 하나다. A는 B와 대치될 수 있고 우리의 배후는 누군가 앉았던 자리의
지/리/멸/렬

했던 어제의 섹스는 결국
영광, 영광 할렐루야

A가 B에게 말했던 어떤 사람의 모양이 내가 된 것 같다. 내가 B에게 말했던 어떤 사람의 촉감은 A의 이야기다. 종이 다른 것과의 치환은

고양이나 개로도 충분하다, 고
생각하는 누군가는
이구아나의 산책에 관심이 없지. 그렇다고 해서

저 연인들, 저 테이블, 저 가로등, 저 저의 물건들이 내게서 멀
어지는 것이 단지 내가 누군가 앉았던 자리에서 누군가의 뒤를
떠올렸기 때문이라면 나는 더더욱

차가워지거나
친밀해져야 한다.

내 뒤에 섰던 남자가 부풀었을 때 남자는 남자의 온도로 나를
문지르고 나는 이 세계의 오존층이 구멍 났다고 생각했다.

관심 없는 세계, 감정이 사라진 시간처럼
서로의 체온이 평범해지면 우리는

앉는다. 다리가
부러진 줄도 모르고

눈사람의 모자 같은 것

돌아가는 바퀴에 나를 걸어요.
간지러워 나는, 내가 막 간지러워
얼굴도 모르는 당신과 자고 싶어지죠

구멍 사이로 당신이 들어와요 조각나는 줄도 모르고
당신의 질감이란 반들반들한 모자 같은 것
벗을 수가 없죠

당신이 와요 자꾸 와요

나는 한쪽 가슴을 뭉쳐 눈사람을 만들어요
나를 모르는 인간들은 여기서 태어났죠
재떨이에는 담배꽁초 대신 눈송이,
눈송이들

아기 하나가 들어갈 구멍 같은 항아리 너머로

당신을 굴려요

나는 당신을 끌어안고 눈사람은
배꼽을 끌어안고

성냥을 그어 대죠

무덤 하나가 툭 떨어집니다

사랑니(智齒)

스바토폴크*가 동생 세 명을 죽인 밤
나는 좌측 아래턱뼈 속에 웅크리고 있었다
칼을 쥔 스바토폴크의 손가락을 가져다가
굵었으면 자꾸 굵었으면 좋겠어
럭비공처럼 욱신, 튀어 올라
이 하나를 심었던 거야

언니, 나를 죽이진 않겠지
동생 하나가 아니 둘 어쩌면 셋이 방문을 톡톡
시도 때도 없이 틱틱
나는 발가벗고 있는데 초인종은 울릴 기미도 없는데
한마디만 더 하면 머리통을 날려 버리겠어 고함치는
스물의 릴리트**턱뼈에서 도망친 덜 자란 여자
부끄러움을 알아 버린 이브를 알지
흙으로 빚어진 페미니스트 그러니
전화하지 말기를 문득 떠올랐다는 듯
버스 창에서 내 얼굴이 보였노라 말하지 않기를
이건 스바토폴크의 흔한 수법

당신을 지그시 물고 출렁이는 거리를 뛰어다녔다면
가로등 아래서의 키스 맛을 알았을까
공갈젖꼭지 물려 주듯

야로슬라프***가 바이킹 용병을 이끌고 왔을 때
어금니 뒤에서 테두리가 닳아 가고 있었다 부러진 청동검처럼
나를 꺼낼 수 있을 것 같아 턱뼈 속으로
두 뺨 꾹꾹 밀어 넣었어 육감적인 얼굴을 위하여
스칸디나비아 서쪽의 남자를 알지
바다에서 태어난 날것들의 식성을 알지
스바토폴크를 잘라
릴리트를 잘라

이제는 사라져 다오 착한 갈비뼈로 자라고 싶어

발바닥에 납작 엎드린 시간, 욱신 통증의 뿌리는
발끝과 닿아 있고
낡은 구두 속에 발을 넣을 때마다

구두야, 구두야, 내 얼굴은 어디 갔니
머리 하나가 아니 둘 어쩌면 셋이
줄줄이 따라와 사랑해 사랑해
간지러워 죽겠는데

발바닥 밑에 살았던 시간들이
긴 혀를 빼물었던 거야
이건 야로슬라프의 명령

* 스바토폴크 : 3형제를 살해하고 키예프공국 권력을 장악한 야로슬
라프의 형
** 릴리트 : 이브 이전의 최초의 여자, 밤의 괴물
*** 야로슬라프1세 : 키예프의 대공, 지혜로운 자로 불림

월식

    구정물이 다 내게로 와서 오늘 나는 걸레 모르는 남자들이 나를 넘어갔지 물과 진흙과 발자국의 감정을 알 것도 같고 그 깊이만큼 내려가 있는 것도 같고 너덜너덜한 조각을 이어 붙여 어떤 예술가는 날개를 만들고 어떤 엄마는 집 주소를 만들지만 나는 다 떨어진 구름처럼 언제든 흩어지거나 버려질 운명을 타고난 것도 같고 인간적이라는 말은 우리 집 고양이만 알고 내가 알고 있는 신들은 모두 지붕 위의 대나무처럼 과거만 알아서 나는 내가 사람인 것도 잊고 잠만 자는 것 같고 아무리 닦아도 지워지지 않는 이 어두운 것은

설탕과 케첩이 공존하는 핫도그를 들고

이 이야기는 달콤하고 새콤한 혀끝에서 시작된다. 당신과 내 혀가 만나야 하고 우리들의 혀가 나팔꽃처럼 뒤엉켜 내가 만든 겨울과 당신이 떠난 숲까지

그러니 당신, 긴장하시라.

씹던 껌을 잡아당겨 길고 긴 혓바닥을 만들고 사카린 맛을 확장시켜
모든 시간에 핫도그를, 나는 천진난만한 어른이 되어
소시지를 씹고 있다.

힘이 다 빠진 구름은 뜨거운 기름 속으로
속살부터 천천히 익히면 당신과 내가 공존하는 온도

설탕을 몰랐던 입맛으로
케첩을 좋아했던 거짓말로 핫도그를 탈까, 곡선에서
길어진 모가지

허물 벗은 기차가 달려온다.

차가운 눈밭에 길고 긴 벤치를 놓고
나는 자작나무에 앉아 눈송이를 반죽하고 있다.

끈적끈적한 빨강이
목줄기를 타고 가랑이까지, 날름 혀를 내미는

이것은 모서리를 깎아 핫도그가 되는 둥글고 오래된 이야기

언 발을 튀겨 다시 설탕이 내리는 눈밭으로 돌아간 어떤 여자의
첫 하혈에 관한 보고서

길고 긴 암내를 풍기며 나는 도시 한복판에서
아름다워지고 있다.

핫도그를 핥아 먹으면서

이층에 꽃집

화분 밖으로 뻗어 나온 목 하나를 옮겨 심었다

탑 안에서 자란 머리카락에는 지지대를 세워 주었다

구두 속에서 싹튼 발목은 투명한 컵에 담아 물을 붓고

퉁퉁 부은 발톱이 햇볕을 따라간다

상자에 불을 지른 소녀는 성냥갑에서 첫 생리를 시작했다 그날

바짝 마른 나무 한 그루를 팔에 심었다

겨드랑이 안쪽에서 꿈틀거리는 지렁이 한 마리

저것 때문이었을까 내 몸에 꽃이 지지 않았던 것은

체중은 그대로다 신기하게도

누군가의 첫 생리는 나의 폐경과 맞닿아 있고

쪼그라든 가랑이 사이에 샐비어가 피기 시작했다

무수한 잇몸들이 단물을 빨아 대는,
아랫도리들

저녁은 아직 먼데

배고픈 남자들이 계단을 오르고 있다

은희

배경이 되는 쪽과
배후가 되는 기분에 대하여

어떤 팔을 펼칠까 은희는 생각했다. 은희는 작고 통통하고 그냥 은희였지만 차가운 바람같이 불리는 것을 좋아한다.

하얗다가 회색 심심하지 않게 검을 수 있고 감을 수도 있지. 수시로 팔을 들어 제 눈 속을 헤집고 죽은 새의 무덤을 파헤치고 태연하게 길을 건너는 뱀들을 지켜본다. 이렇게 자그마한 은희가 사탕을 빨고
치마를 걷고

룰루 랄라, 생각했을 것이다.

아이가 되는 쪽과
창녀가 되는 기분에 대하여

너는 다족류의 사생아일지도 몰라

너의 털을 보여 줄 수 있겠니

당신이 흘린 은희는 더 이상 아이가 아닌 쪽으로
간다,
흘러간다.

은희는 아직 매끈하고
모두와 잘 수 있고
단 하나와 축축해질 수 있는 다리를 가지고 있는데

불을 질러 볼까?
감쪽같이 숨을 수 있게.

　가랑이를 찢으며 날아가는 비행기. 굴러 버리자. 가만히 서 있
자. 그냥 창문에서 뛰어내릴까. 빨강과 주황에게서 태어난 긴 팔
로 은희는 이마를 문지르며

　룰루, 랄라 생각했을 것이다.

웅크리면 아무것도 아닌
그날의 알갱이와 무늬와 파동에 대하여

Fade Out.

의자와 졸참나무가 있는 풍경 위로 물이 흘렀다. 어제는 비극이었고 더 먼 날은 하품처럼 나른하게. 은희는 동그라미였다가 터널이었다가 텅 빈 사각형이기도 했는데

이 쨍하고 차가운 거인의 눈 속에서 검은 팔을 펼쳐야지.

오늘의 하늘과 어울리는 양이 되기 위해서 털 뭉치들이 빠져나간다. 은희는 그냥 은희였지만 은희가 아닌 은희들은
아무것도 아닌 채로
펼쳐져서

간다,

흘러간다.

창백한 거미들을 이끌고 은희는

룰루, 랄라 생각했을 것이다.

사라지는 쪽과
눈을 감는 기분에 대하여

사람들은 검은 우산을 쓰고 장례식장으로 모여들었다.

폭우가 쏟아져도 은희는 아무 잘못이 없다.

구름의 형상이란
그런 것이다.

정전기

뼈와 가죽은 나의 것이 되었습니다

손을 오므렸다 펴 보세요

내가 손금을 훔쳐 가도 당황하지 마시고
고장 난 두꺼비 집을 상상하시면 됩니다 그러면 돼요

캄캄할 때 기어 나오는 것들을 사랑합니다

우리는 양쪽 볼에 해독할 수 없는 독을 저장할 수 있고 알지
못하는 남자와
붙어먹을 수도 있습니다

연결하겠습니다
맞지 않아요 와이셔츠와는
연장과도

아닙니다

중심을 돌릴 수도 있는데요
흐르지 않아요 나는 당신이 잘 잡히는 방향으로
치마를 곤두세우고
머리카락을 걷어 올립니다

조심하세요

내 살갗에는 무수한 창녀들이 돌아다녀서
편견 없이 헤프다는 것, 누구라도
넘어뜨릴 수 있다는 것

나를 물속에서 꺼내지 않는 것이 최선입니다

홀이라는 어감에 대하여

딱지를 접거나 구슬을 굴리는 아이들에게는 짝의 반대편 소리로 울리고 함경도 어디에선가는 갑자기라는 소리가 나기도 하고

엄마는 이파리 다 떨어진 볼장 다 본 나무로, 커피 한 잔으로 잠 못 드는 밤에는 별 하나 나 하나 별 둘 나 하나 별 셋 나 하나 모든 별에 대응할 수 있는 절대수가 되기도 하는 것이다.

또 우주 어디에선가는 쌍둥이 블랙홀이 충돌해 하나의 홀로 태어나고 벤치에 앉아 있는 옆구리는 조금씩 서늘해져 나는

갑자기가 되었다가 접히기도 하고 때로는 찢어지기도 하겠지만 쨍 소리 나는 바람 안에 나를 구겨 넣다 보면 저절로 누울 마음이 생기는 것이다.

하늘로 뿌리 내린 나무 한 그루를 수액으로 꽂고 누워 울기 직전의 얼굴로 당신 이름을 불러 보는 것이다. 나를 스치는 손바닥들이

홀

홀

홀

떠나가는 줄도 모르고
주먹을 꼭 쥐고

제비

나는 14를 쥐고 있고 당신은 4를 사랑한다.
내가 당신에게 가려면 십을 넘어야 하고 당신은
다리를 벌린다, 기다린다.

경향을 가지는 순간 당신은 면도를 하고 나는 선글라스를 쓰지.
완벽한 증症을 가지기 위해서

아닌 것처럼

14와 4에 관여하고 10의 파동을 감지하고
죽을 사와 사랑의 입천장과 껌과 말랑말랑한 씹의 어간에 대하여
가끔 세 번째 소리와 첫 번째 소리를 구분하는
혀에 대하여

당신은 미쳤나요?
나는 우울한가요?

4를 사랑하는 뱀은 14를 구부릴 수 없고

제어할 수 없는 것들이 난립하지.

당첨되었습니다 이제 나는 지갑 속에 또 다른 나를
넣어 다닐 수 있습니다.

당신이 지나가려 한다.

4번 줄에서 떨어져 본 적도 없는데

분홍을 삼키면 확장된 4를 만날 수 있고
은수라는 이름을 가진 여자는 빨간 립스틱을 바르고 씹을 건
너 나의 취향과는 무관하게
나를 빌려 쓰고

14를 쥐고 아닌 것처럼
선글라스를 쓰고 진짜인 것처럼

잘 부탁드려요, 나는 웃을 준비가 되어 있답니다 구덩이에 빠

질 준비도 되어 있답니다 언제든지 뽑아 쓸 수 있는 내가 열을 넘었거든요.

4를 사랑한 당신이 아무 말 없이 떠나 버려도 쓰레기통 옆의 고양이처럼 아무렇지 않게 멈출 수 있어

14의 나는 아직 깊숙이 박혀 있고 4의 당신은 지나가 버렸다.

눈을 떠 보면 나는 남아 있다.

문을 열어 보면 거대한 구멍이다.

5부|

나를 불러 주는 세상에서

부당시

TV 앞에 앉아 잠을 잤다.

사라지는 자국이 늘었다.

낮 동안 피가 통하지 않았던 유령들은
밤이면 베개 속에서 돌아다녔다.

이 종이비행기는 잊어버리지 마.

다른 빛깔의 비행기를 날리면서

어떤 날은 오래
어떤 날은 멀리

오래의 채도와 멀리의 명도를 구분하지 못했다.

양해를 구해야겠다.

나는 몹시 멀미형 인간이고
이기적 인간이라는 것, 그래서 유령이 날린 비행기는

갈기갈기 찢어 버렸다.

은혜도 모르는 것.
종이를 접던 유령이 말한다.

내가 무슨 은혜를 입었다고
유령 따위에게

너를 갖고 노는 일이 얼마나 힘든 줄 아니?
우리 아니면 눈도 뜨지 못하면서

지나가는 저 비행기

소리라도 질러 줄까.

손을 흔들면 밤은 오래 그리고
멀리 지속되겠지.

내가 가진 유령들에게 매일 다른 이야기를 들려주었다.

바깥의 내가
받아쓰고 있다.

부당시

건이 돌아왔다. 건은, 시간에 따라 내 허리 아래로 작아졌다 커졌다 한다. 영화를 찍어야 하는데. 누군가 빈 노트를 돌리기 시작한다. 늙은 엄마가 옷장을 열어 버릴 옷들을 챙긴다. 내가 즐겨 입는 후드티, 아이가 좋아하는 블루진. 엄마는 묻지도 않고 헌옷수거함으로 직행한다. 우리는 모두 한가롭게 텔레비전을 본다. 어떤 나라를 여행하고 있었는데 캄보디아. 건이 그곳에서 해맑게 오토바이를 타고 있다. 내 옆의 건이 사라졌다 다시 나타났다. 영화를 찍어야 하는데. 모르는 사람들이 하나둘 모여들기 시작했다. 거실이 좁아지자 엄마가 사라졌다. 엄마가 사라지자 거실이 넓어진다. 오토바이는 재미있었니? 누군가 건에게 물었다. 아니요, 구덩이 물맛만 끝내줬지요. 침묵. 또 침묵. 대사를 해야지 엄마. 건이 어떤 여자에게 말했다. 여자는 나를 쳐다본다. 대사를 해야죠, 당신. 건이 돌아왔는데 억울하다. 내 허리 아래에서 작아졌다 커져 버린 건은 해맑게 오토바이를 몰고 와 영화를 찍고 있다. 대본을 펼쳐 본다. 그림1과 그림2 그리고 잠시만요, 지나갈게요. 어떤 말을 해야 할지 망설이는 내게 건이 화를 낸다. 캄보디아 말 몰라요? 여자가 내 팔을 잡고 잠시 나가자고 한다. 내 팔을 낚아챈 남자가 대신 나가겠다고 소리 지른다. 조용히 해요. 건이 놀라잖아요. 남자와 여자가 최선을 다해 바깥에서 싸운다. 아악, 비명이 들린다. 건이 뛰어가자 사람들이 건을 따라 뛰기 시작한다. 남자의 약지에서 피가 흐르고 있었다. 여자는 남자의 반지를 빼 들고 가까이 오면 던져 버리겠다고 악을 쓴다. 대사가 틀렸잖아요. 건이 냉정하게 말한다. 이제 알겠어요? 이렇게 살라고요. 내 허리 아래로 작아진 건이 비아냥거린다. 블루진을 입은 건은 캄보디아 소년처럼 이국적이다. 후드티를 입은 여자가 건을 부른다. 이제 돌아가야지. 건이 돌아본다. 건이 돌아왔는데 내가 사라지고 있다. 거실이 비현실적으로 넓어졌다.

부당시

떡이 뭐니?

쿠키라고도 한다며?

대답한다.

그걸 질문이라고 해요?

나는 아직 자라는 중이라고요.

문을 열자
문을 닫았다.

구석은 통해야지.
하나는 열어 줘.

여행가방을 열고 창문을 쑤셔 넣던 건이 힐끗, 나를 본다.

흉내는 싸구려도 못 된다는 걸 아직도 몰라요?

물었다, 라기보다는
당부, 라기보다는

지도는 넣었니?

대답이라기보다는
묻는다. 건이

돈키호테면 되겠어요?
만족해요?

만/족/하/냐/고/요.

부당시

윤의 결혼식인데 윤은 혼자다. 윤은 혼자지만 유쾌하고 윤은 웨딩드레스를 휘날리며 카메라를 들고 있다. 윤의 결혼식인데 윤이 사진을 찍는다. 자, 여기를 보세요. 윤의 친구들이 까르르, 카메라를 보고 웃자 무대가 바뀌었다. 회전문처럼 우리는 밖이다. 나와 윤과 또 다른 윤과 친구들. 모두를 담기에 카메라가 작다. 카메라가 작다고 생각한 순간 하나가 사라졌다. 친구 하나가 사라지자 낡은 성곽 안에서 내가 윤을 찍고 있다. 또 다른 윤은 심드렁하게 카메라를 쳐다본다. 우리 엉덩이를 모아서 달걀처럼 찍어 볼까? 그럼 구석으로 올라가자. 윤이 웨딩드레스를 질질 끌며 올라간다. 구석이 왜 이렇게 멀어. 하이힐을 신은 윤의 친구들이 투덜거리며 따라온다. 나는 어느새 윤과 둘도 없는 웃음을 나누고 있다. 내가 카메라를 잡은 순간부터 윤은 주연배우처럼 나만 보고 웃는다. 또 다른 윤은 이벤트를 생각한다. 자, 모두 한 장씩만 뽑아 보세요. 커다란 모자 속의 손들이 섞이며 우리는 서로 손을 잡고 있다. 손을 잡으면 엉덩이를 붙일 때보다 친밀해진다. 손을 잡으면 누구 손을 뽑든 윤과 또 다른 윤을 섞을 수 있을 것 같다. 거대한 어항이 당첨되었습니다. 내 방보다 큰 어항이 즐비하다. 내 방을 부수어야만 들어갈 수 있는 어항,

금붕어는 한 마리도 없고 이끼만 잔뜩 낀 어항 안에서 윤이 사랑스럽게 포즈를 취하고 있다. 친구들이 깔깔깔, 정말 어울린다고 환호성을 지른다. 나는 윤에게 결혼식을 이렇게 망쳐도 되냐고 물었다. 또 다른 윤이 나를 쳐다보며 여긴 피로연이라고 말한다. 그러고 보니 우리는 어항 안에서 피로연을 하고 있다. 자, 여기를 보세요. 눈을 감았다가 다시 뜨면 여긴 다시 결혼식장이 될 겁니다. 내가 준비한 대사를 하자 또 다른 윤이 웃는다. 우리 맥주 마실까? 윤이 맥주잔을 들고 말한다. 또 다른 윤은 와인잔을 들고 윤이 얼마나 이중적인지 말하느라 정신이 없다. 나는 카메라를 들고 다시 말한다. 눈을 감았다가 다시 뜨면 우리는 모두 새로운 사람이 되어 있을 거예요. 하나, 둘, 셋. 이제 눈을.

부당시

오지 않을 것들을 기다리며
오지 않는 것을 기다리는 동안

긴 관을 타고 바다로 빠지는 코끼리, 꾸었다
그래, 꿈

바쁜 척하지 말고 좀 도와줘요.
이 무거운 코끼리 이 허술한 꿈속에서

펄럭이는 두 귀, 힘껏 잡아당겼다.

문이 열렸다.
줄 줄
물이 새고 있었다.

나이테를 목에 새긴 코끼리가 짤랑짤랑, 꾸었다
그래, 꿈

저기요, 사랑하는 것을

좋아하지 않는 방법이 있을까요?

아, 네.

주황색 스웨터 풀어 관을 짰다.
폐 속에 검은 구름 구겨 넣었다.

코끼리, 나는 또
살아 있는 척했다.

시들어 간다, 꾸었다
아니, 꿈

가시를 말려 보세요
또 알아요?
내가 몇 번째인지

구름이거나 햇볕이었을 것, 그래 것들

부당시

쿠크다스 한 입에 커피 한 모금, 침대에 배 깔고 만화책 펼치고
기다리고 있었다. 다시 쿠크다스 한 입에 커피 한 모금, 창문 열
고 하늘 쳐다본다. 비, 내린다고 했다. 비, 풍경이 필요했다. 갑
자기 엄마, 청소하신다. 화장실에 긴 호스, 연결하신다. 콸콸, 하
늘에 비 대신 콸콸 천장에 물 쏟아진다. 이방 저방 거실 부엌 콸
콸 물, 난리 났다. 방문 쾅 닫았다. 쾅쾅 문 두드린다. 쿠크다스
한 입에 커피 한 모금, 모른 체 만화책 한 장. 다시 쾅쾅 문 두드
린다. 왜요. 신경질적으로 문 열었다. 들어오신다. 아버지, 두리
번거리신다. 쿠크다스 한 입에 커피 한 모금, 침대에 걸쳐앉아 만
화책 빼앗는다. 쿠크다스 한 입에 커피 한 모금, 내 엉덩이 찰싹
때리신다. 이런 젊은 아버지 같으니라구. 나, 쿠크다스 집어 던진
다. 나, 커피잔 집어 던진다. 찰싹, 쨍그랑 엉덩이 때리신다. 엄마
신이 나셨다. 이방 저방 거실 부엌 신이 났다. 콸콸 살 것 같아 콸
콸 부자 된 것 같아, 콧노래 부르신다. 이렇게 깨끗한 벽, 이렇게
축축한 바닥. 바가지 챙기신다. 양동이 가져오신다. 철벅 철벅 물
퍼내신다. 쿠크다스 둥둥 떠내려간다. 커피 줄줄 흘러내린다. 재
촉하신다. 째려보신다. 나, 밥그릇 들고 나, 쪼그려 앉아 나, 신
경질 난다. 사과하세요. 째려보신다. 엉덩이 때린 거. 째려보신

다. 용서 못 해요. 던지신다. 문 여신다. 쾅 닫으신다. 조각조각
아버지, 콸콸 쏟아지신다. 이렇게 깨끗한 벽, 이렇게 축축한 바
닥. 엄마, 말씀하신다. 나쁜 년. 나쁜 년.

쿠크다스 한 입에 커피 한 모금. 나, 그게 다였다.

부당시

언니가 나타났다.

늙지도 않고 어쩌자고 저렇게 예뻐서
없는 미래를 상상하게 하는지

아프다고 가정하면 아닌 것이 되니까 아앗!
과장해서 소리를 지르니까

너머엔 너머의 것이 있고
내 앞에는 지금의 멍이 시작되는데

괜찮아?

누구의 목소리인지도 모를 안부가 믿고 싶어서

언니는 이 과자를 제일 좋아했잖아

양파 퓨레, 혼합 야채 분말 0.4%, 그 속에는

세상에나!

〈설명서〉
당근 - 원인 모를 두통
대파 - 가지런한 병실의 침대들
피망 - 푸른 수액 주머니
브로콜리 - 도대체 알 수 없는 기형의 생각들
양파 퓨레 - 뒤죽박죽 엉켜 버린 겹겹의 죽음

언니가 나를 길들일 때마다 하나씩 뽑아 줬던 그것들

채식주의자들의 변명을 이렇게나 숨겨 두었다니

갈치가 사람 뜯어 먹는다는 거 아니?
야채크래커를 오물거리며

나는 여전히 가시를 발라내고 멸치육수를 우려내며

이렇게 해체된 시간
축소된 세상에서 언니 대신
야채크래커를 오물거리며

정말 묘하고 고소한 맛이 일품이랍니다!

패턴 없는 너머의 세상에서 나의 멍이 푸른 잎이 될 때까지

그때까지는 이렇게라도 살아 있어 줄래?

내가 언니의 크래커가 되어 줄게

부당시

아홉이 사라졌다. 꿈이 아니라면 말이 안 되니까 이건 꿈. 네 개와 다섯 개, 헐렁해졌다. 맥주를 마셔야 하는데 가벼워졌다. 오징어도 씹어야 하는데 뽑아 버렸다. 핥아먹어야 하나 생각하다가, 흘린다. 남자가 개를 안고 팻말을 들고 개가 사람을 무는 일이 뭐가 잘못이요 그럼, 사람이 개를 물어야 하나? 맞는 말이니까 이건 꿈 중의 개꿈. 생각하니까 따뜻하다. 새로 산 내 운동화에 한쪽 다리를 들고 눈다. 꿈속에서도 따뜻할 수 있나 그럼 이건 아닌 꿈. 여기서는 누군가 가시를 싸야 하는데 운다. 죽었는데 이건 꿈. 언제 죽었는지 기억도 나지 않는데 그래서 꿈. 이것이 바로 그 유명한 조상꿈인 건가. 우는 입을 벌리고 환한 입 속에 머리를 넣고 할머니, 번호를 알려 주세요, 저는 준비가 되었답니다. 그러니까 1 그러니까 2 그러니까 3. 장난치지 마시고 우리 좀 진지해지자고요. 그래서 꿈. 이기적인 년. 맞는 말을 하니까 틀림없는 꿈. 손을 뻗으면 만져지는 이 지루한 유령들. 꿈이라면 아플 리 없으니까 이건 아닌 꿈. 내가 죽인 뿌리들을 밤새도록 잘라 내며 긍정적인 사람이 될 수도 있을 것 같아, 절대 꿈. 어떻게든 빠져나오려고 발버둥 치는.

부당시

그래서
안녕할까요?

봄이 내렸고
여름은 누웠고
꽃은 사라졌습니다.

계절의 살갗에서 아무것도 보지 못한 나는
팽창해 오는 땅의 알갱이에 대해
묻고 싶어집니다.

잘 죽어 가고 있나요?

어제는 당신을 만들어 작은 시집에 넣었습니다.
몇 번을 읽어도 알 수 없는 제목을 붙여 놓고
그 깊은 곳에 숨어 있는 유령들을

구겨 버렸습니다.

사람이 되면 긴 숨을 참을 수 있다는 말,
그 진위를 확인할 수 없어
오늘은 그냥 숨만 쉴래요.

같이 외로울 수 있을 것 같습니다.

지는 것들에게 지기 위하여 마음껏
당신이 가벼워졌으면 좋겠습니다.

그때는 기꺼이 바닥을 빌려 드리겠습니다.

부당시

당신은 뜰에 앉아 모가지를 꺾고 있다.

언니는 멀쩡한 것들 그만 괴롭히고 제발 어디든 좀
들어가라고 성화다.

버리지 않는 것과 버리지 못하는 것의 경계를 알아 버린 것처럼
아무렇지 않게

바닥에 쏟아진 기억들이
꽃이 되면 좋겠다.

말라 가는 지렁이 위로
개미들이 몰려든다.

당신은 얌전히 등을 접고
흙이 닿으면 못 먹는 것이 되어 버리는 입술을
벌리고

옮겨지고 있다. 순순히

네가 못 오면 내가 가면 되지.

호박 속의 벌레처럼 잔뜩 웅크린 뜰이
당신을 따라

움직인다.

다시 필 수 있을까.

베어 먹던 사과를 던지자
씨앗들이 사방으로 흩어졌다.

우상 같았던 물고기가 땅으로 올라와 시들고 있었다.

제니퍼, 나는 제니퍼가 아닙니다

신상조(문학평론가)

제니퍼, 나는 제니퍼가 아닙니다

*

'안도 다다오 식의 브루탈리즘 건축(Brutalist architecture) 양식으로 지어진 집에서 살며 200여 년 전통의 스웨덴 해스텐스(Hästens) 침대에서 아침을 맞는다.' 마르크스주의자인 어느 시인의 시에서 빌려온 이 배경의 화폐 가치는 일반인의 상상을 초월한다. 게다가 예술적이기까지 하다는 이 느낌은 무엇? 예술의 덕목 중 하나가 고양과 위로이므로, 우리는 위의 실용적이면서도 품격을 갖춘 사물들을 놓고 예술이 아니라고 할 근거를 갖지 못한다. 즐거움과 만족감을 안겨 주는 예술이 무엇이 문제란 말인가. 죽을 때까지 빨간 구두를 신고 춤을 추게 만드는 잔혹한 동화처럼, 황홀한 도취를 허락하지 않는 고약함이 예술의 본질은 아닐 것이다. 더군다나 오늘날은 상품조차 예술적이지 않으면 판매 가치가 떨어진다. 모든 곳, 모든 존재, 모든 상품이 예술을 필요로 한다. 하지만 예술인즉슨 얼어붙은 바다를 부수는 카프카의 저 '도끼'처럼 이질적 감각과 부정성의 경험이 아닌가? 대체 예술이란?

"예술은 그것을 예술로 보는 눈이 없이는 존재하지 않는다." 이 같은 자크 랑시에르의 예술론은 형식을 지향하는 현대 예술의 한 편향을 보여 준다. 습관화되고 자동화된 감각에 덧씌워져 있는 관습의 꺼풀을 벗기고 새로운 감각을 유지하고자 하는 데에는 분명한 가치 기준이 존재한다. 의미와 내용의 도구화를 지양하고 사회적 소통마저 거부하려는 의지가 그것이다. 그리고 그 정반대의 지점에 소비문화로서의 대중예술에 대한 몰입이 있다.

예술을 예술로 실현하기 위해 시가 가지는 형식에의 집착은 일차적으로 자본주의적 삶을 그 배경으로 한다. 일찍이 토크빌이 지적한 대로, 진정한 예술작품마저 키치로 바꿀 수 있는 힘은 자본주의 자체가 갖는 힘이다. 그는 오늘날의 평균적 독자들에 대한 견해를 다음과 같이 피력한다. "그들은 문학에 바칠 수 있는 시간이 아주 짧기에 그 시간 전체를 최대한 이용하고자 한다. 쉽게 구할 수 있고 빨리 읽히고 이해하는데 학구적인 자세가 필요 없는 책을 선호한다. 그들은 자족적이며 쉽게 즐길 수 있는 미를 요구하며 무엇보다도 예기치 못한 새로운 속성을 가져야 한다. 하지만 작가의 목적은 즐겁게 하는 것이기보다는 놀라게 하는 것이며, 취미를 만족시키기보다는 오히려 열정을 자극하는 것이리라." 이러한 토크빌의 지적은 오늘날 "영화를 빨리감기로 보는 사람들"(이나다 도요시)로 실현되고 있다. "멀리 돌아가기를 싫어하는" 이들에게 자기만의 관점을 얻는 과정인 작품 감상은 시간 낭비다. 이들은 시간 가성비가 나쁜 것을 일컬어 "타임 퍼포먼스가 나쁘다"라고 형용한다.

토크빌의 주장을 적용하자면 자본과 불화하는 순수문학, 대중의 정서에 호소하는 '상품'이기를 거부하는 문학은 쉽게 구할 수는 있어도 빨리 읽히기란 불가능하다. 독자의 선택은 이해하려는 학구적인 자세를 갖거나, 곤혹스러워하며 책을 던져버리거나 둘 중 하나다. 이러한 문학은 간결하고 단순하며 이해하기 쉬운 것과는 거리가 멀다. 문학의 자족성과 대중이 기대하는 자족성은 어긋나기 일쑤고, 그 창의성은 번번이 대중적 취향과는 동떨어진 지점에서 이루어진다. 산업사회의 등장과 더불어 성장한 키치적 독자들에 순응하지 않으려는 문학, 즉 부르주아사회로부터 물러나 반상업적이고 반자본주의적 형식을 통해 예술의 자율적이고 고유한 가치를 보존하려는 노력은 당대의 평균화된 취향에 극렬히 저항하기 때문이다. "달빛 아래의 다정한 연인, 사랑스러운 강아지와 어린아이, 행복한 가정과 같은 달콤한 이미지" 대신 낯설고 난해한 세계를 드러내고, 사람들이 즐기는 모습이 아니라 거북하고 불쾌한 모습을 통해 인식의 놀라운 추이를 요구한다. 서유 시의 경우 이러한 형식 실험은 주로 비속한 주체의 파격적 도발, '짐승-되기'를 통한 하이브리드적 결합, 주체는 타자가 불러 준 이름 속에 있음을 입증하거나 거부하는 방향으로 나아간다.

**

시에서 감각적 한 구절을 취해 SNS에서 소통하기를 즐기는 오늘날의 독자들에게 분명 「가뭄」의 화자는 지나치게 진지하다. 다시 말해 『부당당 부당시』에서 도드라지는 건 시인의 작가의식이다. 너나없이 가볍고 즉흥적인 포스트모던을 지향하는 시대다. 이를 "아침부터 혁명을 이야기"하는 시인이라고 모를 리 없다.

우리는 아침부터 혁명을 이야기했다.

식은 어묵탕을 뒤적거리며
모두의 비열함에 경의를 표하며

변절한 계절과
변하지 않는 당신에 대해

이야기했다. 배워야 할 것들이 많아서

레닌과 망령처럼 떠도는 마르크스의 글귀들을 끼워서 맞춰 가며

누군가의 심장이 조각나면
비가 내리지 않아도 뒤집어지겠군!

이야기했다. 흥청망청

서로의 아름다움과 고결함에 대해 말하던 선배는 엄마 때문에
울었고
나는 선배의 슬픈 얼굴 때문에 울었다.

위하여!
그래, 위하여!

주어가 빠진 무언가를 위해 끊임없이 건배하며

이야기했다. 주절주절

처음의 부끄러움이 무관심이 될 때까지
더러운 변기통에 서로를 토해 가며

한번쯤은 목숨 걸고 마셔야지!

벌겋게 끓어오른 우리는 혁명이 완성된 것처럼 축배를 들며
이야기했다. 강의실을 찾아 뛰어가는 친구들의 뒷모습을 지
켜보며

왜 벌써 그쳤을까.

알지 못했다.
기나긴 건기가 시작되고 있다는 것을

누군가 죽고
무엇인가 무너졌지만 혁명은
말라비틀어진 지렁이처럼 무기력했다.

모두가 떠나 버린 술잔은 녹이 슬었고
왁자지껄한 구름 속에서 더 이상 비는 만들어지지 않았다. 그
리고 우리는

아무도,
아무것도 이야기하지 않아도

견딜 수 있게 되었다.

— 「가뭄」 전문

'혁명', '변절', '레닌과 마르크스' 등의 단어와 겹치며 "강의실을 찾아 뛰어가는 친구들의 뒷모습"은 불가피하게 90년대를 분기점으로 급속히 변화하는 '이후'의 문학을 소환한다. 윤여일(『모든 현재의 시작, 1990년대』)이 지적하듯, 현재의 기원을 거슬러 올라가면 90년대를 만날 수 있다. 90년대가 현재에 드리운 커다란 그림자란 말은 과장이 아니다. "마르크스주의라는 강력한 중심을 잃은 사상계에서는 소문자 담론들이 활발히 오갔다. 구제금융을 계기로 사회적 사유와 공동체에 대한 믿음이 약해졌다는 것이야말로 진정한 위기였다. 위기는 전 사회적 징후가 되었고 희망의 총량은 많이 줄어들었다. 그렇게 1990년대는 현재가 되었다"는 저자의 주장은 「가뭄」의 내적 동기에 고스란히 적용된다.

술자리는 계속되지만 "누군가의 심장이 조각나"는 일도, "비가 내리지 않아도 뒤집어지"는 일도 일어나지 않는다. "처음의 부끄러움"은 곧 "무관심"으로 바뀌고, 만취한 '정신'은 토하는 행위로써 부끄러움을 대신한다. 90년대 이후의 문학이 거대담론에서 벗어나 '지식권력'에서 '자본권력'으로 이행해 가듯이, 이들은 '구토'함으로써 90년대 시장경제 체제의 거대한 충격 속에서 그 기제에 대응·적응하려는 몸살과도 같은 '탈 엘리트 현상'을 목하 체현 중이다. 아침부터 "벌겋게 끓어오른 우리"의 혁명은 "더러운 변기통"을 끌어안고 "서로를 토"하는 것으로 끝이 난다. 화자는 자신들의 열망이 "왜 벌써 그쳤을까"를 자문하지만, 세상을 주도하던 거대담론의 흐름은 끊겨졌다. 이어서 자본이라는 담론의 흐름이 본격화됨으로써 정신적 '가뭄'은 이제 시작이다.

"선배의 슬픈 얼굴 때문에 울"음을 참지 못하는 시인이므로, 이후 그의 행보는 예정되었다고 볼 수 있다. 이런 의미에서 다음에 읽을 시에서의 '원시인'은 시인의 페르소나에 해당한다. 그는 90년대 이후 문학이 대중적 전파력을 가진 하나의 '문학 자본으로서의 지식'이 되어 가는 현상으로부터 자발적 소외를 선택한 것이다.

　　어느 날 문득 라디오를 듣다가 근본도 없는 후레자식을 만든
　　거야. 온 세상이 화병이던 그때 그러니까 나른해서 다리를 벌리
　　고 누웠던 그때

　　언어를 사랑하는 고양이가 털을 뽑아 화병에 꽂았지, 목이 떨
　　어진 쥐를 사랑스럽게 받아 들고

　　이제부터 쌍욕을 줄이겠습니다.
　　속도도 줄이겠습니다.

아이 같은 천방지축을 위해 가만히 있겠습니다.

이 후레자식이 바짓가랑이를 잡고 시도 때도 없이 야옹, 누굴 사람 새끼로 아나. 알잖아 엄마들은. 아이가 울면 도망쳐야 한다는 것. 목구멍에 손가락을 넣고 낮은 정수리와 튀어나온 입과 굵고 무거운 뼈들을 끊임없이 토해 내는

낳은 적 없는 아이는 짐승처럼 자연스럽게 자란단다. 나는 내 주제를 알아서 날마다 부끄럽고 경주 김가의 본을 가진 고양이는 책을 베껴 터득한 잠꼬대가 많아졌고

있잖아, 다 해 봤거든.
캥, 캥으로도 울어 보고 컹, 컹으로도 흐느껴 보고. 조금 더 슬픈 건 알지만 그렇다고 종족을 바꿀 수는 없으니까, 나는 기괴한 표정을 찾아 방구석을 기어다녀. 이전의 짐승이라도 되기 위하여

사람 새끼를 캥거루라고 우기다 보면
하나쯤은
안전하겠지.

하하하
참, 웃겨요.

쓸모없는 것들이 태어나서 이렇게 쌓이고 있으니

— 「원시인」 전문

　이 시의 인물들 역시 「가뭄」의 선배나 친구들처럼 무언가를 "끊임없이 토해 내"고 있다. '구토'는 암묵적 사회 지배 체계에 대한 저항과 순응 사이의 경계에서 혼란스러움을 경험하는 서유 시 주체들의 한 증상이다. "종족을 바꿀 수는 없으니까, 나는 기괴한 표정을 찾아 방구석을 기어다녀. 이전의 짐승이라도 되기 위하여"라는 대목은 시인이 다음 두 방향을 선택했음을 함의한다. 첫 번째 선택은 '이전의' 짐승이 되겠다는 과거형 시제에 무게가 실린다. 이 부분에서 우리는 자연스레 앞서 「가뭄」에서 본 마르크스주의자들의 '혁명'을 떠올리게 된다. 이들 중 한 사람인 화자는 "캥, 캥으로도 울어 보고 컹, 컹으로도 흐느껴 보"지만, "후레자식을 만"들었다는 걸로 미루어 그의 근본은 바뀌지 않았다.

　근본이 그대로임으로 역설적으로 "근본도 없는 후레자식을 만든"다. 또한 역설적으로 "낳은 적 없는 아이는 짐승처럼 자연스럽게 자란"다. 이처럼 "쓸모없는 것들이 태어나서" 쌓이고 있다. 짐승처럼 자라고 쌓이는 이 후레자식들을 이해하려면 「맙소사, 매카시」를 참고할 필요가 있다. 「원시인」에서의 '후레자식'들과는 달리, 매카시의 그늘, 즉 "블랙에서 태어"나 레드를 지향하는 "자손들은 잘 자라고" 있어서 놀라울 지경이다. '잘 자란다'가 그들이 매카시의 자손임을 정치적으로 입증할 때 가능한 표현임은 물론이다. "저 아기 10개월쯤 됐을까요? 자꾸 넘어지는군요 다섯 번 넘어졌는데 세 번이나 왼쪽으로 넘어졌어요 자그마치 세 번이나요 이건 분명 왼쪽을 좋아하는 본성 때문일 거예요" 외치던 화자는 "선생님도 보세요 왼손잡이예요 저런 건 진즉에 고쳐야 했는데 아직까지 그대로인 건 도대체 무슨 의도일까요"라며 매카시를 향한 맹목을 숨기지 않는다. 극우를 대표하는 화자에게 매카시는 절대적 존재다.

블랙에서 태어나 왼쪽으로 넘어지거나 왼손을 사용하는 좌편향적 성향을 교정받으며 자라는 「맙소사, 매카시」의 자손들과, 「원시인」의 화자가 "캥거루"라고 우기는 "사람 새끼"는 정치적 의미에서 대비된다. 화자가 사람 새끼를 캥거루라고 우기는 이유는 "침 색깔까지 모두 레드인 진짜 레드"를 만들지 않으려는 안간힘이다. 때문에 "세상이 화병이던 그때"의 '화병'은 꽃병(花瓶)이 아니라 울화병(火病)이란 의미의 말놀이다. 또한 "쓸모없는 것들이 태어나서 이렇게 쌓이고 있"다는 고백은 반어가 아니라 직설 어법이다. 화자가 캥거루라 우기는 그들 스스로가 "거짓인 나라! 당신에게 헌납된 나라! 레드 아닌 것이 하나도 없는 나라"에서 자신들의 '효용가치'를 용납하지 않기 때문이다.

　　***

　　제3세계의 문학은 필연적으로 특수한 형식의 '민족적 알레고리'를 지니며, 문학작품은 반드시 정치적 층위를 가지므로 역사적·사회적 맥락 속에서 이해해야 한다는 프레드릭 제임슨의 주장은 타당하다. 제3세계의 문학을 서구문학의 이질적인 타자로 규정하는 것과는 별개로, 문학이 개별적 자아의 표현을 넘어 시인이 가진 문학적 신념 체계나 이념을 반영한다는 데에는 이의가 있을 수 없다. 미세 서사와 미세 감정의 주체들, 존재의 부박함을 지나쳐 존재의 희박함으로 나아가는 오늘날의 시적 주체들 역시 당대의 정신적 풍토를 반영하는 '시대정신'의 표현이기는 마찬가지다. 이미 살펴본 대로, 서유시의 당대성과 정치성은 좌편향적인 결로 드러난다. 주목할 건 함께 읽은 「원시인」 중 "종족을 바꿀 수는 없"다는 이유에서 비롯한 주체의 두 번째 선택이 '짐승-되기'라는 점이다. 화자는 짐승이 되기 위하여 기꺼이 "기괴한 표정을 찾아 방구석을 기어"다닌다.

　　서유 시에서의 '짐승-되기'는 파격적 도발을 통한 비속함과 궤를 나란히 한다. 시의 화자처럼 굳이 "다리를 벌리고" 눕거나, "흥건히 고인 단물이 그놈의 정액이란 걸 사람들은"(「잠귀신」) 모른다며 귀신 들리기, "아무렇지 않게 내 젖꼭지를 사탕처럼"(「부패」) 굴리는 '너'를 상상하거나 "변두

165

리 여관에서 뒹구는 발목"(「난전」)은 포르노를 연상케 한다.
화자는 거칠고 반항적인 태도로 비속어를 쏟아 내기 일쑤인
데, "반항적인 발은 껌을 씹어요. 턱뼈가 빠지도록/ 모든 총
량의 지랄이 만발할 때까지"(「난전」)라거나, "가방 속에는 사
체들이 가득"(「모던하우스」)하고 "죽지 않는 아이들이 무덤
을 만"(「NEXT」)드는 디스토피아적 세계를 횡단한다. "우린
만난 적이 있나요?/ 여기서 담배를 피워도 될까요?// 불량한
언어를 해독하는 순간 활발해지는/ 칼/ 자국들"(「구석」)과
같이 자기 파괴적인 행동을 불사하는 화자가 가진 소중한
재산이라야 고작 "죽은 화분 속에 웅크"(「해프닝과 해프닝
사이」)린 것들이 전부다. "대동맥박리로 반나절 만에" 죽은
아버지의 귀에 대고 "아버지, 엄마도 갖고 가"(「피구」)라고
소원을 비는 화자는 자신이 아예 개나 고양이로 환생했음을
믿어 의심치 않는다.

　개의 환생을 믿는 유목민들은 죽은 개의 꼬리를 잘라 잠자는
　머리맡에
　　묻어 둔다고 한다 죽인 수만큼 촛불을 켜고
　　벗긴 가죽만큼 절을 하고

　　이런 느낌일까

머리맡에 묻힌 기분은

할머니는 짐승의 배설물로 불을 지핀 게르 안에서 빵을 굽고
있다 한번도
빵을 구워 본 적이 없는데

따뜻하고 물컹한 밀가루 반죽에 이스트를 뿌리며
작고 예쁜 개를
앞니가 썩은 야윈 여자아이를

할머니, 할머니는 우리 할머니가 맞아요? 지금
나를
개와
나와
개를, 우리는
똑같이 화로 안에서 다시 태어나고 있나요?

— 「다큐멘터리」 부분

유목민의 게르에서 환생한 개. "다섯 개의 구멍"이 난 "목
줄"에 매어 끌려다니거나 그 구멍 속으로 들락거리는 개와 고
양이. 이러한 짐승으로의 환생이나 짐승으로 살아가기는 필
연적이다. "책꽂이에 꽂힌 개"를 "모른 체할 수"(「뚜렛」) 있을

까 고민해 봤자 개와 고양이는 "몇 번을 갈아입어도 똑같은 꿈"(「터미널」)을 꾸는 유령과 같은 존재들이다. 이뿐 아니라 '나'는 월식이면 마치 늑대인간처럼 털로 뒤덮인 반인반수의 괴물로 변한다.

배설하지 못한 말들이 튀어나와 조금 즐거운 시간이기도 하지만 북북 긁다 보면 항문이 열리고 벽이 열리고 지붕이 달아나기도 하지만 고양이를 깨운 것은 전적으로 예민한 털 때문이었지만 13살에 나는 나만의 털을 가지게 되었는데 그것은 겨드랑이도 성기도 아닌 점 위의 털이었는데 나만의 털을 가진다는 것은 나만의 코끼리를 가진다는 것과 같은 말인데 거대한 세계가 뚜벅뚜벅 걸어오다가 철퍼덕 웅덩이를 밟다가 바나나에 원숭이 엉덩이를 핥기도 하는 것인데 그런 대단한 털을 옆집 머슴애에게 보여 주었는데 그 새끼는 내 털에게 칫, 그까짓 것, 내가 알아들을 수 있는 모욕의 털을 한바탕 날리며 내 코끼리를 잔인하게 무시했는데 흠, 털의 용도는 다양해서 풋고추를 씹어 먹을 때 잠시 주저하는 틈이기도 하고 트럭이 달려오면 일어서는 온몸의 찰나이기도 해서 더 이상 털이 자라지 않기를 빌었는데 털로 뒤덮인 밤,

— 「월식」 부분

"북북 긁다 보면 항문이 열리고 벽이 열리고 지붕이 달아나기도 하"는 '나'는 "배설하지 못한 말들이 튀어나와" 즐거운

"13살"이다. 미성숙한 아이이자 거대한 코끼리, 온몸이 털로 뒤덮인 이 존재를 우리는 무어라 불러야 할까?

"카펫과 소파와 카디건과 떡갈나무와 목구멍에서 고양이가" 연속해서 "떨어지고/ 떨어진다"(「노마드」). 개인지 고양이인지, 사람인지 짐승인지, 짐승인지 유령인지, 아이인지 코끼린지 모호한 주체들은 "갔던 곳을 가고/ 먹던 것을 먹는다"(「뚜렛」). 마찬가지로 "똑같이 화로"에서 태어나 "똑같은 꿈"을 꾸며 자고 깨기를 반복하는 삶은 벗어날 수 없다는 점에서 동어반복이다. 요컨대 서유 시의 '짐승-되기'는 사소하고 무의미한 '짐승-되기'가 무한 반복함으로써 "어디에서든/ 언제든"(「노마드」) 그 존재감이 희박한 주체들을 표상한다. 제목 '다큐멘터리'가 암시하듯 이는 가상이나 환상이 아니라 실존하는 사물과 현상이다. 이들 "고양이", 그리고 "세상의 모든 개"는 "자본주의 냄새"가 나는 "제니퍼"라는 단 하나의 이름으로 수렴된다.

****

바닥과 일체가 되었다가 어느 것과도 겹치지 않고 헤엄치는 물고기, 혹은 구멍 그리고 막대기. 왈츠였을까.

Loginska

소비에트과학원에서 일하는 알렉세이 파지노프는 모처럼 일찍 일을 마치고 소냐 로스트로포비치와 함께 테니스장으로 향했다. 그녀는 음악원에서 첼로를 가르치고 있었는데 둘은 연인은 아니었다. 나를 제니퍼라고 불러 줘. 제니퍼는 너무 개 이름 같고 자본주의 냄새가 나서 썩 내키지 않는다고 알렉세이는 말했다. 소냐는 개 같다는 말에 약간 기분이 상했지만 개의치 않았다. 알았어. 그럼 우리 한 판으로 결정하는 거야.

Brandinsky

학원에서 영어를 가르치는 제니퍼 고르바초프는 소비에트과학원에서 일하는 알렉세이 파지노프로부터 내일 테니스를 치자는 연락을 받았다. 제니퍼의 본명은 안나 푸틴이지만 안나는 너무나 흔한 이름이고 푸틴이라는 성도 귀족적이지 않아서 조금 개 같고 자본주의 냄새가 나지만 제니퍼 고르바초프라는 가명을 사용하고 있었다. 제니퍼는 오브차카처럼 옷을 입고 알렉세이를 만나러 갈 예정이다.

Kalinka

소냐 로스트로포비치는 조금 생각을 해봤다. 소비에트과학원에서 일하는 알렉세이 파지노프는 과학자지만 코카시안 오브차카처럼 흔하고 흔하기만 했다. 그와 테니스를 쳐야 할지 말아야 할지 그렇다면 클레이코트가 어울릴지 실내 코트가 어울릴지 어쨌든 소냐는 알렉세이와 침대 같은 코트에서 땀을 흘리는 것에 대해 조금 기대하고 있었다.

Kalinka

안나 푸틴은 사실 알렉세이 파지노프와 몇 번 부딪힐 때마다 비어 있던 어떤 공간이 채워진다는 느낌을 받았다. A의 모서리, B의 더부룩함, C의 떨어져 나간 반지처럼 모스크바에서는 어울리지 않는 알파벳이 수시로 그녀를 괴롭히고 있던 때였다. 어쩌면 알렉세이는 차갑고 뾰족해진 안나의 구멍을 만족스럽게 채워 줄지도 모를 일이었다.

Troika

알렉세이 파지노프는 성 바실리 성당에서 주기적으로 기도를 하고 참회를 했지만 우울한 늑대와 외로운 개가 끊임없이 그를 덮쳐 왔다. 수족관으로 가서 넙치의 우아한 유영을 감상하는 것이 그의 유일한 즐거움이었다. 오브차카, 오브차카! 그가 무의식적으로 내뱉은 말에 넙치들은 넘쳤다가 사라졌다. 한 마리가 없어지고 두 블록이 사라졌을 때 알렉세이는 소냐와 안나의 매끈한 지느러미가 못 견디게 보고 싶었다.

지옥에서의 천국과 천국에서의 지옥 중 당신은 어느 쪽입니까

밤을 새워 구멍을 메우고

블록을 쌓고

개가 사라지고

조금 개 같고 자본주의 냄새가 나는 제니퍼들은 끊임없이

태어나고

띠리리리 리리 띠리리리 리리 띠리리리 리리 ……

— 「나는 세상의 모든 개를 제니퍼라고 부른다」 전문

연마다 소제목 구실을 하는 'Loginska, Brandinsky, Kalinka, Troika'는 테트리스 게임에 등장하는 배경음악이다. 주지하다시피 테트리스는 1985년 소련의 천재 프로그래머 알렉세이 파지노프가 만든 퍼즐 게임이고, 알렉세이 파지노프는 이 시에 등장하는 남자 주인공 이름이기도 하다. 내려오는 블록을 좌우로 조정해서 마침맞게 퍼즐을 맞춤으로써 문제가 해결되고 레벨이 올라가는 게임 방식은 한 남자와 두 여자의 일상 속 교제로 실현된다.

한 남자와 두 여자의 '썸'은 다음과 같다. 소비에트과학원에서 일하고 성 바실리 성당에서 주기적으로 기도할 만큼 신심이 두터운 '알렉세이 파지노프'라는 남자를 중심으로, 음악원에서 첼로를 가르치는 소냐 로스트로포비치와 학원에서 영어를 가르치는 제니퍼 고르바초프(본명은 안타 푸틴이다)는 삼

각관계다. 알렉세이 파지노프와 "침대 같은 코트에서 땀을 흘리"길 '약간' 기대하는 소냐 로스트로포비치와 달리, 본명이 안나 푸틴인 제니퍼 고르바초프는 그와 "부딪힐 때마다 비어 있던 어떤 공간이 채워진다는 느낌"을 받는다. 알렉세이 파지노프가 "차갑고 뾰족해진" 자신의 "구멍을 만족스럽게 채워 줄" 것을 기대하는 제니퍼 고르바초프이기에 소냐 로스트로포비치에 비해 그녀의 결핍이 커 보이는 건 사실이다.

알렉세이 파지노프를 둘러싼 두 여자의 이름은 흥미롭다. 소냐 로스트로포비치는 자신을 '제니퍼'로 불러 주기를 요청하는데, 알렉세이는 그 이름이 "너무 개 같고 자본주의 냄새"가 난다며 내켜 하지 않는다. 본명이 안나 푸틴인 제니퍼 고르바초프가 제니퍼라는 가명을 쓰는 이유도 마찬가지다. 그녀는 '안나'가 너무 흔한 이름인데다 푸틴이라는 성은 귀족적이지 않아서 "조금 개 같고 자본주의 냄새"가 나기 때문이다. "밤을 새워 구멍을 메우고/ 블록을 쌓고/ 개가 사라지고/ 조금 개 같고 자본주의 냄새가 나는 제니퍼들은 끊임없이/ 태어나고" 있다. 끊임없이 태어나는 제니퍼들로 봐서 그들의 '자본주의 냄새'에 대한 혐오는 미심쩍다. 여기서 우리가 인물들의 직장인 '과학원'과 '음악원'과 '학원'을 과학과 기술, 예술과 학문으로 바꿔 놓아도 그리 무리는 없을 것 같다. "A의 모서리"를 "B의 더부룩함"이 보완하고, 사랑의 맹세를 상징하는 "C의 반지"가 "떨어져 나"가며 이루는 조합(퍼즐)처럼, 소비에트연

합이 대표하는 사회주의와 미국으로 대표되는 자본주의는 에로틱하게 교제 중이다. 이로써 우와 좌는 서로를 상대화하기는커녕 '제니퍼'라는 하나의 이념으로 사이좋게 연합한다. 이름은 동일성의 원천이자 존재의 본질이다. 블록과 블럭이 만나 퍼즐이 맞춰지는 테트리스의 중첩은 끝없이 이어지고, "띠리리리 리리 띠리리리 리리 띠리리리 리리 ……" 세상은 '제니퍼'라는 동일성으로 한없이 유쾌하고 즐겁다.

요약하자면 『부당당 부당시』의 1부에서 4부까지는 "제니퍼"라 불리거나 "제니퍼라고 불러" 주기를 요청하는 세상에 대한 이해와 인식이 전반을 이룬다. 시를 내면적 고백과 세상을 향한 관심으로 단순히 이분화할 때, 서유 시인이 응시하는 대상은 분명 세상이다. 그런 의미에서 '부당시'라는 단일한 제목의 시편들로만 묶인 5부는 4부까지와는 달리 주로 자기 고백적인 시편들로 구성되어 있다. 아널드는 "시는 인생에 대한 비평이다"라고 단언한다. 시란 사회나 세계에 대한 인식을 표출하는 외에도 개인의 정서와 체험을 통해 인생의 본질을 파악하는 표현 방식인 것이다. 이처럼 사적이면서 내면적이라는 특징 외에도 '호명'에 대한 시인의 인식과 태도가 다소 차이를 보이는 데가 5부이기도 하다. 1부에서 4부까지의 '이름 불러 주기'에 대한 시인의 인식은 제니퍼라는 이름이 "너무 개 같고 자본주의 냄새"가 난다는 표현으로 미루어 짐작할 수 있다. 자본주의라는 타자에 호명된 존재로서의 '제니퍼'. 본명이 안나 푸틴인 이들 모두가 다시 '제니퍼'로 태어나는 세상이다. 이는 "주체는 타자가 불러 준 이름 속에 있다"란 루이 알튀세르의 구조주의를 떠올리게 한다.

남은 5부의 표제는 "나를 불러 주는 세상에서"다. 그렇다면 가족과 친구 등으로 구성된 친밀한 세계에서의 '나'는 어떻게 호명되는가? "엄마, 말씀하신다. 나쁜 년. 나쁜 년."(「부당시」6)이라거나, "언니가 나를 길들일 때마다 하나씩 뽑아 줬던 그것들"(「부당시」7), 혹은 "이기적인 년"(「부당시」8)과 같은 구절 등에서 답의 근거를 마련할 수도 있겠다. 결과적으로 '부당시'에서의 부당함은 '제니퍼'라는 이름을 강요하는 세상의 부당함을 드러낸다. 앞서의 호명이 자본주의적 타자가 강제하는 이름이라면, 후자의 호명은 제니퍼가 아닌 주체의 정체성을 드러내는 이름들이다. 해서 개와 고양이, 아이와 코끼리와 유령은 제니퍼라 불리기를 거부하는 주체들의 선택이 아니라, 그들을 향해 세상이 폭력적으로 붙여 준 이름이리라. 자본주의적 타자에 의한, 자본주의적 타자를 위한, 자본주의적 타자의 제니퍼들을 향해 시인은 "눈을 감았다가 다시 뜨면 우리는 모두 새로운 사람이 되어 있을 거예요. 하나, 둘, 셋, 이제 눈을"(「부당시」4) 뜨라고 요청한다. 부디 거울에 비친 당신이 제니퍼가 아니길 바란다.

* 해설의 이해를 돕기 위해 「부당시」에 일련번호를 넣음